Melcior Comes

La batalla de Walter Stamm

l'àncora

Melcior Comes

La batalla de Walter Stamm

Premi Josep Pla 2008

Edicions Destino

Carrer Peu de la Creu, 4. 08001 Barcelona
Primera edició: febrer 2008
ISBN: 978-84-9710-097-7
Dipòsit legal: B. 2.859-2008
Imprès per Hurope, S.L.

Al meu pare

I

La sentència havia estat categòrica: vint anys de treballs forçats. Quan em vaig mirar les mans —la veu del jutge ressonava per tota la sala— me les vaig trobar plenes de sang, els punys de la camisa estaven mullats, de les puntes dels dits en queien al terra algunes gotes. Els canells em coïen i sagnaven allà on m'havien posat les manilles. Sentia la boca seca i el cap pesat. Alguns polls —els havia aplegat a la cel·la— em corrien per l'espatlla, i em trescaven, minúsculs, inclements, entorn de la nuca. Premia l'esquena contra el banc dels acusats i agitava el cap espasmòdicament, com per buscar un lenitiu, serrava les dents amb força: feia tres dies que no dormia més que a rampellades i només havia menjat, collit de terra on l'havia llançat el carceller, un tros de pa dur mullat amb vinagre. Em feia mal un costat i gairebé no podia moure la cama esquerra. M'havien apallissat tres vegades. Setanta-dues hores abans, jo, Walter Stamm, poeta i alumne de la facultat de filosofia i lletres, era el secretari personal de Wolfgang Hassenfeld, oficial de l'Estat Major; ell va ser qui va aconseguir que, en lloc de ser mobilitzat i portat al front, jo pogués romandre a Berlín fent tasques administratives a la rereguarda.

Tres dies abans —a finals de novembre del 1940— em trobava a casa, estirat al llit; acabava de dinar un rònec plat amb dues patates bullides i em disposava a llegir un parell d'hores abans que vingués la meva xicota. Ens havíem conegut quan els dos estudiàvem a la facultat de lletres. Ella es deia Lina Kleep. Dir que l'estimava fins a la demència és dir poca cosa; mai he pogut arribar a entendre'm amb ningú com ho feia amb ella: era simplement el millor, la culminació absoluta, cap home pot desitjar res de més afortunat ni de més càlid. Era alta, morena, riallera i d'una intel·ligència inconcebible. Tenia un rostre perfecte: tanco els ulls i torno a veure el seu front, l'arc perfecte de les seves celles, el traç carnós i gràvid de la seva boca. Em sembla sentir, encara avui, més de seixanta anys després, el tacte dels seus cabells a la cara i als dits.

Aquell era un dia magnífic, el sol lluïa en un cel límpid i sense avions, la ciutat semblava disposada a emprendre alguna cosa decisiva: hi havia les cues habituals davant les botigues i les fleques i molts soldats pels carrers, encara que els bombardeigs aeris no s'havien iniciat, i a la cara de la gent s'hi endevinava una incerta esperança. A cada cantonada, sobre cada mur, hi havia pintada una esvàstica, i el retrat de Hitler s'exposava, molest i emfàtic, arreu. Pels carrers principals, la megafonia deixava anar sinistres discursos. Aquell dia, després de sortir de les oficines, on m'havia passat tot el matí transcrivint a màquina incomptables documents —instruccions, cèdules, comandes d'armament—, vaig passar per la biblioteca on treballava Lina. No necessitava res, d'allà, però, simplement per veure-la, m'hi vaig estar un parell d'hores. A vegades, abans de la guerra, ens besàvem entre els prestatges, li pregava que em portés fins a algun volum introbable i mentre ens enfilàvem als pisos superiors l'agafava per la cintura i li deia a l'orella procacitats. M'hauria agradat un dia fer-li l'amor dins algun recambró, envoltats els dos de lligalls i de vells volums polsegosos. No em vaig atrevir mai a demanar-l'hi. L'anava a veure i em quedava assegut en una taula, fullejant algun diari on només se'ns deia, dia rere dia, que guanyaríem la guerra, o girant les pàgines de qualsevol enciclopèdia fins que es feia l'hora de tancar. Després els dos junts anàvem cap a casa, al meu pobre pis de solter, a prop de la Witzlebenplatz, on jo portava una vida frugal i poètica. Des de feia alguns mesos que la biblioteca estava tancada. Lina havia rebut ordres d'anar a treballar en una fàbrica d'armament i vitualles. Aquells dies, abans de canviar de feina, els dedicava a traslladar incunables i altres llibres i manuscrits antics i de gran valor al soterrani de l'arxiu, tot preveient els imminents bombardeigs. El seu oncle era el director de la biblioteca.

Entre els volums que no s'havien baixat al soterrani hi havia obres que el seu oncle, un homenet de gestos morosos i veu estrident, m'havia autoritzat a emportar-me a casa, allargant, infringint el reglament i a contracor, el préstec fins que acabés el conflicte. Havia aprofitat i m'havia apropiat de tots els volums de la *Comèdia humana*, alguns contes i novel·les breus de la qual jo havia traduït a l'alemany. Per oblidar les incerteses i per distreure la fam i l'espera de la meva estimada, m'havia allargat al llit amb un volum a les mans. Sé que vaig arribar a condormir-me. No van picar a la porta: simplement la tiraren avall.

Eren tres homes de la Gestapo. Em vaig incorporar sobre el llit però de seguida els vaig tenir a sobre. Els dos més grans em van agafar per les espatlles i em van estrènyer els braços amb força contra el matalàs. Aquells dos homes em van recordar Fafner i Fasolt, els dos gegants de *L'or del Rin*, l'òpera de Wagner. L'altre era més petit, portava un bigoti cresp, amb les puntes encerades, i unes petites ulleres d'or sobre un nas de porc. Va agafar-se amb les seves mans diminutes a la barra del llit i em va mirar fixament alhora que capcinejava i em mostrava unes dents grises i esmolades. Després, va encendre un cigarret i va començar a donar voltes per la meva habitació, mirant els llibres als prestatges, agafant-ne alguns i llegint-ne els lloms, fullejant-los i deixant-los caure. Jo vaig començar a demanar explicacions.

—Calla! Aquí som nosaltres els que fem les preguntes —em va dir el gros de la dreta, Fafner, després de subjectar-me un dels braços amb les cames: va pujar sobre el llit i va col·locar els seus dos genolls sobre el meu canell i la part interior del colze. L'altre, Fasolt, el més malcarat, el rostre olivaci i gratat de verola, em va estrènyer el nas amb els dits. Es va adelitar torçant-me el cartílag fins que em saltaren les llàgrimes. El dolor era agut, insuportable. Per ofegar els crits, el menut em va posar dins la boca un manyoc amb els meus propis mitjons. Va seguir donant voltes per l'estança, feia caure els llibres dels prestatges, remenava tots els calaixos. Va apropar-se al tocadiscs i va posar música. Fent saltirons de ball, va seguir capgirant tots els racons del dormitori. Va obrir el meu escriptori i hi va trobar algun dels meus poemes manuscrits. En va llegir, titubejant, algun vers en veu alta i després el va repetir, burleta, al compàs de la música. Va estripar tots els meus papers i del meu diari personal en va treure dues fotos de Lina.

—Mireu quina bellesa! —va dir mostrant els retrats als dos gegants. Aquests se la miraren lascius i van riure, i l'altre, somrient i esclafant la burilla amb la sola de la bota, va amagar-se les fotos dins el butxacó de la guerrera. Després, es va asseure als peus del llit i, tustant-me els malucs, em va dir:— Sabem que vas copiar documents secrets sense permís, Walter, i que després els vas extreure de les oficines de l'Estat Major. El capità Hassenfeld va ser jutjat ahir per alta traïció i ha estat afusellat aquest matí a l'alba. Venia informació a l'enemic. Sí, i tu ho sabies... Confessa! El seu testimoni t'ha incriminat. ¿Ho negues? ¿T'atreveixes a negar-ho?

Vaig moure el cap. Un d'aquells colossos em va torçar l'orella i l'altre em va colpejar l'estómac amb energia. El petit em va treure els mitjons de la boca, havia començat a ofegar-me i vaig estossegar. La gola em cremava.

—Walter. Sabem que Hassenfeld venia informació als anglesos. Tu t'encarregaves de fer còpies de documents secrets, no ho neguis. Tots els papers que hem recuperat provenen de la teva màquina d'escriure. A més, els distribuïes per tota la ciutat. Ho sabem, Walter.

I era cert. Però jo obeïa tot el que em deia Wolfgang Hassenfeld. Em passava els matins copiant allò que se'm manava, el que fos que el capità em posés a davant. Després, sí, Hassenfeld m'encomanava anar a una adreça de l'extraradi, o a un cafè, on sempre algú apressat i tèrbol recollia un sobre amb les còpies. A vegades ho remetia tot dins un paquet que dipositava en una consigna o que esmunyia dins la bústia d'un casalot. Vaig dir:

—Jo no sabia res. Simplement feia el que se m'ordenava.

—Walter. Walter. ¿Esperes que et cregui algú? Porteu-lo al cotxe!

Els dos titans m'aixecaren i deixaren dempeus. M'obligaren a posar-me les sabates i em clavaren el barret fins a les orelles. Un d'ells em va tòrcer el braç rere l'esquena i em va portar, escales avall, cap a la porta. Al carrer ens esperava un cotxe negre, amb el xofer fumant assegut al parafang. Em van fer passar al seient del darrere, i, estret entre aquells dos tipus, vaig veure com recorríem tota la ciutat, el menut anava xiulant al seient del copilot i de tant en tant es girava, em fitava amb odi i em somreia burleta. El cotxe va entrar per una gran portalada, que menava a un pati espaiós, creuat de banderoles. Per tot corrinyaven uniformes de la SS. Em van treure del cotxe i em van conduir a empentes per incomptables passadissos. Si no caminava de pressa em guanyava un mastegot. Em coïa la boca i gairebé no sentia un dels braços. Tenia por. Molta por. D'una puntada de peu em vaig trobar dins un calabós, vaig sentir com rere meu es tancava, estrepitosa, una porta metàl·lica. Em vaig estar allargat al terra una bona estona, desfet i plorós. Així van passar, crec, unes quantes hores. Quan per fi em vaig tranquil·litzar, em vaig adonar que no estava sol dins la cel·la. Era estreta i ombriva i hi feia un fred aquós, de soterrani. La llum entrava per un ajustat espiell que donava al pati, i per allà entraven crits ofegats, soroll de corredisses, de rialles i càntics. En un racó, rere la porta, hi havia un home assegut al terra, amb el cap amagat entre els braços, que havia aplegat sobre els genolls. M'hi vaig acostar a poc a poc. Li vaig posar la mà sobre l'espatlla i vaig agitar-lo: em vaig adonar que portava la camisa mullada. No es va moure. Li faltava una de les sabates. Per un moment vaig témer que fos mort. Em tremolaven les mans i em vaig deixar caure al seu costat. Vaig començar a pensar en la meva Lina. Va ser la primera vegada que vaig experimentar la sensació que només d'evocar-la, d'entreveure-la dins els replecs del pensament, em protegia. Gràcies a Lina em vaig oblidar del dolor. Un tret va esclafir molt a prop de nosaltres, al pati, i va ressonar per les parets, com si ens hagués estat dirigit, i em va treure del meu recolliment. Vaig aixecar el cap espaordit i vaig topar amb la cara alçada del meu company de captiveri: allò no era un rostre, era el semblant de la desolació.

Matxucat, amb un ull inflat com un ou, els llavis partits i la dentadura assolada, tot cobert de sang i gleves seques, amb la mandíbula desencaixada, aquell home mirava amb un ull immòbil i lluent, un ull aterrit, l'espiell del pati. Li vaig demanar en un murmuri qui era i que hi feia aquí, però per tota resposta va deixar anar un bramul inintel·ligible, embarbussat i penós, i es va passar la mà pel coll i va tornar a amagar el rostre entre les cames. Vaig quedar-me glaçat, la barbeta em tremolava.

Així va passar tot el dia. Vaig veure com es feia de nit. La llum tornava blavosa, evolucionava cap a la grisor, cap al foscam. En tot moment, però, entraven i sortien cotxes del pati, i roncaven els motors, se sentia com es descarregaven els camions, passos ansiosos sobre l'empedrat, imprecacions i desordre, turbulència i confusió. M'arribava un fred lacerant que m'arrissava la pell, la humitat era una cosa palpable. Una angoixa sense fons es va apoderar del meu estómac i me'l va capgirar. Em vaig arremolinar en un racó, abraçat a les meves cames, esperant que s'aclarís l'embolic i que em deixessin lliure. Vaig començar a sentir ganes d'anar de ventre. No podia suportar la gana i el dolor.

L'endemà al matí van venir a buscar el meu company. Dos tipus amb l'uniforme negre el van espavilar d'una puntada de peu i se'l van emportar en pes, el van agafar per les aixelles i el van treure a fora d'una bursada. Els vaig pregar que em deixessin anar a l'escusat. Se'n van riure de mi i tancaren la porta. Abans de desaparèixer van obrir l'espiell, rient van escopir dins la cel·la i hi llançaren dues llosques de cigarret que encara fumejaven. Al centre del calabós hi havia un desguàs, vaig aixecar la reixa que el cobria i hi vaig cagar a dintre, a la gatzoneta. A fora va començar a ploure, ben aviat l'aigua va regalimar per la paret d'enfront. Per no morir-me de fred vaig començar a donar voltes, recorria la cel·la en totes direccions; coixejava de la cama esquerra però no podia parar-me. No portava mitjons a les sabates i m'envaïa una frissança feroç, l'angúnia m'agafava del coll i em feia cridar, sentia la meva veu irritada i ressonant amb fúria. Semblava que ningú m'escoltava. Vaig enfilar-me fins a la reixa i vaig treure la mà sota la pluja per abeurar-me. L'aigua tenia gust de pedres i de molsa.

Unes hores després em van venir a buscar. Un tipus de la SS va entrar amb una pistola a la mà i em va comminar a sortir de la cel·la. Em va obligar a posar les mans sobre la nuca i a caminar fins al fons del passadís. Allà es va obrir una altra porta i vam accedir a una petita sala d'interrogatori. Hi havia tres homes; un d'ells rere una màquina d'escriure; a més, el petit amb el nas de porc que m'havia tret de casa s'estava assegut al cap de la taula, un dels dos tipus enormes de la Gestapo que m'havien colpejat el dia anterior desmuntava i netejava una pistola en un racó.

—Seu i parla, Walter, explica'ns-ho tot —va dir el de les ulleretes d'or.

El de la pistola em va fer asseure a l'altra banda de la taula.

—Només puc dir que sóc innocent —vaig dir, em cremava la gola, tenia set i em sentia afònic i rabiós—. Sí, copiava els documents que em deia el capità, no ho nego. Però mai vaig saber que fos informació confidencial ni que no pogués sortir de les oficines. Sóc innocent.

—¿Negues que donaves informació secreta als espies anglesos? ¿T'atreveixes a negar-ho? —va dir el nan rient—. Alguns t'han identificat, Walter. Tenim les seves declaracions signades. Sabem que eres tu.

—No sabia a qui arribaven aquests documents —vaig dir—. Ho juro. Deixi'm sortir d'aquí! Sóc innocent. Necessito sortir d'aquí. Anava allà on m'ordenava el capità

Hassenfeld i lliurava els papers a qui se m'exigia. No sé de què em parla. Cregui'm. No sé de què parla. Si us plau...

—Walter. ¿Esperes que ens creguem això? ¿Faig cara d'estúpid?

—Sí... si us plau... deixi'm.

—¿Has dit que faig cara d'estúpid?

El de la pistola em va colpejar la mandíbula amb un puny de ferro i vaig caure a terra. Vaig veure com s'acostava el menut i alçava una bota. Me la va posar sobre el cap i va fer pressió.

—Walter. Walter. Em semblava que seríem amics —va dir tot traient-se la pistola de la funda: vaig sentir com feia córrer el carregador. Algú em va donar una puntada de peu al cul i vaig cridar com un verro. Vaig sentir com sagnava entre les cames:— Alceu-lo! A seure!

Em van tornar a la cadira, em van estirar els cabells de la nuca i van mussitar-me a l'orella: «els espies van al paredó».

—Secretari, transcrigui la següent declaració: Jo, Walter Stamm, confesso haver reproduït de manera il·legal documentació secreta de l'Estat Major per ordre del traïdor al Reich Wolfgang Hassenfeld, de qui n'era el secretari personal —dictava alhora que donava voltes per l'estança i acariciava el canó de la pistola—. Exposo, a més, la meva total connivència amb aquesta activitat per tal que jo mateix lliurava els avantdits documents a espies i terroristes de l'oposició internacional. A més, manifesto el coneixement d'aquesta activitat d'espionatge i traïció en ple ús de les meves facultats i durant un interrogatori amb totes les garanties, etc, etc...

Quan van acabar de transcriure a màquina aquesta falsedat van posar-me el full a davant. Van col·locar una ploma sobre l'imprès i van començar a esperar la meva signatura. No vaig moure ni un múscul. M'envergaren una dolorosa plantofada a la nuca. Tots reien. Vaig seguir sense signar. El SS em va agafar pels cabells i em va fer alçar el cap. El menut em va posar la pistola a la templa.

—¿Signaràs?

Vaig remenar el cap amb força.

—¿No? ¿No signaràs? Em sembla que aquí no s'hi valen les gosadies, Walter. Els traïdors no poden permetre's l'heroisme —i va fer pressió amb el canó sobre la templa. Per un moment vaig voler morir a l'acte. Juro que desitjava el tret, la certesa d'una fi, acabar d'una vegada amb tot aquell dolor i aquella ràbia. Sense saber què em governava, però, vaig agafar la ploma i vaig signar.

—Així m'agrada, Walter, així m'agrada —va dir el menut passant-me la mà pel cabell. Vaig sentir com m'estiraven la cadira de sota i, a punt de caure, vaig posar-me dempeus.

—Al calabós! —va afegir—. Vinga! I porteu-li un bon sopar, que demà aquest poeta ha d'aguantar el judici.

Em van treure a estirades i empentes d'aquella habitació. Em retornaren a la cel·la apuntant-me amb la pistola. Em vaig tirar a terra i vaig començar a plorar: em sentia furiós i dèbil; adolorit em passava la mà per l'entrecuix i la treia mullada de sang. Tot em feia mal: la nuca, un costat, la cama. Tenia gana i em sentia brut, indefens, atribolat. Vaig tirar-me a terra i vaig bramar fins a defallir. Obriren el portell i llançaren a terra un crostó de pa envinagrat. Vaig sentir com esclafia contra el terra en un soroll tou i repulsiu. M'hi vaig acostar de genollons i me'l vaig empassar amb nàusees. Tenia un gust infecte i vaig sentir arcades, poc després em cremava dins la panxa i vaig estar a punt de vomitar. Així va passar un altre dia. Aquella nit vaig somiar amb Lina. Les imatges del somni se m'imposaven amb tanta força que bastien la seva pròpia realitat; sentia, sobre la pell, les seves carícies, i em semblava fins i tot escoltar la seva veu i les seves rialles. Dormia a batzegades, em despertava suat i tremolant i de seguida tornava a caure dins el somni, on la retrobava: eren imatges de les nostres excursions, o d'un viatge a Ginebra, el llac Leman, tan encantador i tranquil com un estanc en un jardí francès i nosaltres passejant-nos a la vora; o la veia nua girant pel meu dormitori, acostant-se encuriosida als meus papers i llegint-me en veu alta alguns versos. Sentia com li feia l'amor, i aquella sensació de vertigen i ardor, d'ímpetu i benedicció, de dòcil tendresa, me la retornava: tot el que havia passat fins ara era un malson, un malentès horrible: la guerra, la fam, el dolor, tot estava a punt d'acabar i jo retornaria a les meves classes, als meus alumnes, a Lina i als llibres.

La primera llum del sol em va despertar. Tot continuava idèntic: passos afanyosos al pati, càrregues i descàrregues de camions, crits i corredisses. Per no pensar en res vaig començar a mussitar versos de la *Divina Comèdia*. Els polls em començaren a atacar, fastiguejat em rascava i em colpejava els costats i la nuca. A primera hora de la tarda em van venir a buscar. Em van treure de la cel·la a punta de pistola i vam tornar cap al pati, allà em van posar les manilles tan estretes que m'encetaren la carn i em van pujar a empentes dins una furgoneta, que ràpidament va sortir de l'edifici i em va portar al Tribunal.

La sala era gran i blanca. Em van fer seure al banc dels acusats. Sobre l'estrada hi havia penjat dos retrats: un era Hitler, l'altre era Frederic el Gran. Em vaig girar i rere meu no hi havia ningú assegut a les cadires. Un SS em vigilava recolzat a la polleguera de la porta. Instants després va comparèixer el secretari, que es va asseure al peu de l'estrada i fumant-se un cigarret va introduir paper dins la màquina. Per una porta de la dreta va entrar el fiscal, es va asseure a la seva taula i em va mirar amb ulls acusadors. Era un home de cabells negres, amb un gran serrell davant un ull; portava ulleres de vidres gruixuts, recordo que tenia els dits grossos i roms, amb les puntes rodones com baquetes de xilòfon. Qui després va resultar que era el meu advocat defensor va entrar i es va asseure al meu davant; era un tipus prim, desvagat, vestit de manera impol·luta i amb l'emblema del partit nazi a la solapa, portava una carpeta de pell que no va obrir en cap moment: ni tan sols em va mirar a la cara durant tot el judici. El SS de la porta es va asseure al meu costat, i dret vora el banc dels acusats va aparèixer un algutzir. Ben aviat va sortir el jutge. Tothom va posar-se dempeus, veient que jo no em movia m'estiraren amb energia i em posaren dret, estirat per l'algutzir i el tipus de la SS.

El jutge era un home de cabells grisos, tenia el cap quadrat i portava sobre el nas unes ulleretes sense muntura, que brillaven com diamants sobre una boca grossa i vermella, que deixava anar una veu apegalosa i greu. Es va asseure lentament a la tribuna i abans de dir res va llegir uns quants papers. Després, va anunciar la causa en veu alta i va donar la paraula al fiscal, i aquest va emprendre el relat de les accions de les quals se m'acusava. Va repetir els càrrecs i les proves, va enumerar els testimonis i va aixecar uns documents perquè l'algutzir els portés davant el jutge. Demanava per mi la pena de mort. Després, va preguntar al fiscal si hi havia testimonis que recolzessin les acusacions; aquest va dir que el capità Wolfgang Hassenfeld havia estat condemnat a mort per un consell de guerra i que la sentència ja s'havia executat; va afegir que s'havien pogut detenir dos espies estrangers. Un d'ells, va seguir dient el fiscal, s'havia suïcidat dins la cel·la en un descuit de les autoritats, l'altre estava disposat a declarar i esperava a la sala contigua.

El jutge el va fer passar. Efectivament, jo coneixia aquell home. Tenia un ull morat però en recordava el rostre de trets fins i elegants, de pell molt blanca, de mitjana estatura, el cabell ros i arrissat. Sí, li havia portat la meva fatal correspondència unes quantes vegades, se m'havia acostat en diversos cafès, i creia recordar que ell mateix m'havia obert la porta d'un tercer pis en un edifici dels afores.

—¿Reconeix aquell home? —li va demanar el fiscal.

Ell es va girar cap a mi i va titubejar.

—¿Era per la seva mediació com li arribava la informació secreta?

—Sí —va dir el ros—. Aquest home em va fer arribar els expedients.

—¿El reconeix sense cap dubte? ¿Ratifica la seva declaració, ara que el té a davant i no simplement en fotografia?

—Sí, era ell —va dir amb la veu tremolosa i sense mirar-me.

—Cap més pregunta —va dir el fiscal.

—Té la paraula l'advocat defensor —va dir el jutge.

—No tinc cap pregunta, senyoria —va declinar amb un somrís.

—¿Hi ha més testimonis? ¿Més proves? —va demanar el jutge.

L'advocat i el fiscal van dir que no.

—Lletrat, les seves conclusions definitives —va dir el jutge.

El meu advocat va dir amb desgana:

—Elevo a definitives les meves conclusions provisionals.

—Dono a l'acusat el dret a l'última paraula —va dir el jutge.

El SS em va estirar per les espatlles i va posar-me dempeus. Vaig dir en veu tan alta com em va ser possible:

—Em declaro innocent, senyor. Reconec que copiava informació d'alt secret, però que en desconeixia aquesta condició. Si després l'extreia de la secretaria i la feia arribar a una sèrie d'individus, senyor, era perquè ignorava que estigués prohibit. Desconeixia que aquestes persones confabulaven contra el règim. Mai vaig sospitar res del capità Hassenfeld. Sóc innocent, senyor. A més, he estat maltractat durant els últims dies per...

—Queda vist per sentència —va dir el magistrat.

El SS em va fer asseure d'un cop de puny als ronyons i el jutge va sortir de la sala, seguit pel secretari. Així van passar alguns minuts. El judici no havia durat ni un quart d'hora. Em veia mort, afusellat a qualsevol pati de caserna. Acabar així em va entristir, la ràbia em cremava als ulls, però d'una estranya manera també va reconfortar-me: posaria d'una vegada fi a tota aquella horrible bufonada.

Ben aviat el jutge va tornar a sortir, es va asseure i va llegir la sentència:

—Declaro l'acusat culpable de violació de secrets d'estat i el condemno a vint anys de treballs forçats.

Va ser llavors quan em vaig mirar les mans i vaig veure que sagnaven.

II

Vaig demanar:

—¿Com et dius?

—Bruno.

El soroll del tren era eixordador. Ja feia moltes hores que érem allà dins, engrillonats l'un a l'altre per les mans i els turmells. Viatjàvem estrets, apinyats de mala manera els uns contra els altres dins aquell vagó de bestiar, asseguts a terra sobre alguns brins de palla bruta. Per les escletxes de la fusta del vagó s'hi distingien els focs encesos de la nit; es podia veure un cel clar, immens i fred, contra el qual es retallava una lluna polposa, desdibuixada per uns núvols desfilats. L'aire corria per tot, era impossible no gelar-se. La fosca no permetia veure el centenar d'home i dones que jeien allà. Havíem sortit de Berlín, d'una estació de mercaderies de l'Est, feia moltes hores, i el tren encara no havia parat. Tremolava sobre les vies, sacsejant-nos de manera violenta. Abans de pujar, la policia militar ens havia posat a les mans un bocí de pa i un tall de carn fumada. Havíem entrat dins el vagó a culatades.

—¿Què has fet, Bruno? ¿Per què t'han condemnat?

—Per repartir propaganda comunista —va dir.

En Bruno era petit i rodanxó. Tenia una cara expressiva, de front ample i arrugat, el cabell esclarissat i roig. Tenia ferides per tota la cara, línies vermelloses li creuaven les galtes i la boca; es notava que l'havien apallissat. Sentia com li petaven les dents, el moc li queia, els dits li tremolaven.

—¿A on ens porten? —em va demanar, la veu espasmòdica.

Ningú ho sabia. Abans, quan encara era de dia, havíem tingut esma de parlar. Tothom explicava en poques paraules la seva història: detinguts per motius polítics, per deserció o desobediència, per negar-se a donar informació a la SS. Un infermer, per contraban de medecines: s'havia emportat sulfanilamida d'un hospital militar per al fill d'un veí; dues dones magres i desolades es confessaven testimonis de Jehovà; una dona grassa i compungida havia amagat dos nens jueus al soterrani de casa i ara ho pagava amb dues cadenes perpètues. Uns quants feien pinta de captaires. Dos homes contaren que s'atonyinaven l'un a l'altre durant una borratxera; després s'havien acarnissat contra el policia que intentava separar-los, presumien d'haver-li trencat les dues cames i les dents. Ara, anaven encadenats a complir una llarga condemna —un deia trenta anys, l'altre deia quaranta—: de tant en tant es miraven a la cara, estupefactes s'alçaven el puny i esclafien en unes rialles perverses.

Vaig tancar els ulls i vaig condormir-me. Exhaust, ja ni sentia el dolor. Quan va fer-se de dia vaig mirar pels intersticis del vagó i vaig veure la planura, enorme, allargassada i verda i coberta per una lleugera boirina. A dins, tothom intentava dormir. Veia aquelles cares brutes, adolorides, el tràgic rostre de l'espant. Una dona deia en veu baixa:

—¿On és Déu? ¿On és ara que el necessito?

El cap em bullia, dins el magí es mesclaven les premonicions i els records. L'olor començava a ser repulsiva, quan se sentia la necessitat d'alleugerir la bufeta o l'intestí, tots ho fèiem com podíem, arraulits contra els envans del comboi, davant els ulls de tothom, enclavats els uns entre els altres. Així van passar dos dies, dos dies sense beure ni menjar, dos dies de pànic i fam i d'incertesa. Mirar-nos els uns als altres començava a ser insuportable; tot el que vèiem era espantós: figures grises i mig mortes, espectres d'homes i dones immunds. Els dos agressors del policia van començar a colpejar-se, feixucs, consumits, es passaven les mans per la cara i xisclaven, talment dues nines de serradures mogudes per fils. Molts defallien, exànimes s'allargaven a terra com podien i s'abraçaven per donar-se escalfor.

—Tota la culpa la té el meu germà —va dir en Bruno. Parlava amb la veu tremolosa, havia d'apropar l'orella per sentir totes les seves paraules—. Ell va ser qui em va portar a totes aquelles reunions. Jo allà m'hi avorria, al principi, no es feia altra cosa que parlar i parlar de la dictadura del proletariat, de la revolució. Contes de fades. Es discutia en veu alta fins a les tantes de la nit, s'imprimien pamflets, escoltàvem jazz i bevíem. Bevíem molt. Tanmateix, si jo hi anava era per una noia. Estava enamorat d'ella, simplement per això em vaig fer comunista, per estar al seu costat, a les reunions, per tocar les seves mans a dins la impremta. Es deia Lotte. Els dos repartíem fulletons i pasquins a la Universitat. Sortíem de nit i ens reuníem en el soterrani d'un vell teatre. Allà jo l'escoltava parlar durant hores i hores. Jo no sóc comunista, tot això és un error. Odio Marx, odio la vèrbola demencial del comunisme. Em cago en *El capital.* Abans de la guerra era empleat de banca. Lotte, Lotte, t'estimo i t'odio. ¿A on anem? ¿A on ens porten? ¿Quan arribarem? Lotte, ¿ets tu? Lotte...

Va començar a delirar, en veu baixa pronunciava paràgrafs sencers d'*El manifest comunista.* Es passava la mà per la cara i es fregava els ulls fins a fer-los enrogir, després es va ficar els dits dins la boca i va començar a mossegar-se. La set i la gana ens consumien.

El tren va parar de sobte. La frenada ens va aixafar contra la part de davant. A fora, vaig distingir-hi un bosc de bedolls, un rierol, un munt de ferralla. Vam sentir com el tren, pesadament, arrencava i canviava de vies. A poc a poc s'apropava al nostre destí. Va parar-se sense soroll i de seguida vam començar a sentir lladrucs de gossos i bramuls de soldadesca. Vaig veure pel meu forat com s'alineaven desenes de soldats, vestits amb l'uniforme gris verd de l'exèrcit i amb el fusell preparat, les seves botes relluïen. També hi havia, controlant-ho tot, la bulliciosa negror de la SS: el seu formigueig aterridor. De sobte, s'obriren les portes. Un soldat es va apropar a nosaltres i ens va estirar amb un garfi dels grillons; els dos vam caure desmanyotats sobre la grava. Vaig aixecar el cap i vaig veure com dos més ens apuntaven amb les pistoles. En Bruno seguia delirant. Em vaig aixecar i vaig estirar-lo. Vaig aconseguir posar-lo dempeus. Ens van ordenar que agaféssim una rampa de fusta i la subjectéssim al vagó. Fent un esforç descomunal, entre jo i en Bruno i un altre parell de reclusos, vam aconseguir situar-la al seu lloc. Els SS i els soldats van ordenar a tothom de baixar. Ho aconseguiren a base d'imprecacions i bastonades.

Ben aviat vam estar tots alineats. Sobre aquella andana hi devia haver un miler de condemnats dels dos sexes, fantasmes esparracats i bruts, alguns no s'aguantaven drets i de seguida rodolaren per terra. Contra aquests, els soldats provaven tota la seva força: puntades de peu, fuetades i cops de culata. Ens feren alinear a base d'amenaces i assots, després ens van comptar unes quantes vegades. Ens trobàvem davant un edifici llarg i baix, d'una sola planta, pintat de blanc i amb sostre de pissarra. Semblava una mena de magatzem. Sobre la porta d'ingrés hi havia un cartell de fusta, clavat a la paret, on es podia llegir amb lletres vermelles: «Camp Disciplinari SS». Davant nosaltres, alguns dels soldats ens apuntaven amb el fusell, d'altres ens miraven com els seus gossos, amb una mescla de menyspreu, odi i desgana. Feia un fred viu i feridor, sentia com el sol em pegava a la cara.

De la porta del cobert en va sortir un oficial. Visiblement content ens va mirar a tots, en silenci va recórrer tota l'andana, capcinejava amb un mig somriure aprovador. Sota la gorra de tobogan hi lluïen dos ullons irònics, envoltats de bosses i arrugues; portava les galtes lluents i rosades, acabades d'afaitar. Tenia cara de granot, la papada li cobria el nus de la corbata i no parava de moure la llengua dins la boca, com si acabés de menjar i es netegés les dents amb delectança. Era baix i rodanxó, portava un abric negre i gruixut, a més d'un capot de vicunya absolutament impecable. Les seves botes encegaven i ressonaven en el silenci expectant. Rere seu bavejava un gos vell i enorme, amb un mocador amb l'esvàstica envoltant-li el coll. Va dir:

—Benvinguts, desgraciats, al Camp Disciplinari de Stockum. Em dic Oskar Von Bose —s'havia parat davant nosaltres, immòbil deixava anar perdigons de saliva que relluïen sota la llum del sol; la seva veu sonava greu i enutjada—. Sóc el Comandant en cap de tot el que veieu, l'amo suprem de la vostra vida. Sóc el Déu a qui a partir d'ara heu d'adreçar totes les vostres pregàries. Com ja sabeu, sou la púrria de la societat. La seva merda més pudent i embrutida. Sou animals incòmodes, errors amb una vaga forma humana. Hauríeu de ser morts, però el nostre Estat és indulgent i us perdona la vida. Bandarres, vagarros, putes, desertors, traïdors, heretges, lladres i rufians. M'és igual el que sigueu; per a mi, tots sou la mateixa escòria. Aquí aprendreu a ser homes i dones de profit. Si treballeu bé i respecteu les regles, informaré positivament de la vostra conducta. Potser, així, si sobreviviu, d'aquí a uns quants anys us assemblareu a homes i dones com cal. De moment, però, veig que només sou una soll de porcs, brutícia que gaudeix rebolcant-se en la seva pròpia merda, i a qui convé el sofriment, sí, el treball ordenat i el penediment sincer. Ens encarregarem de fer-vos patir, rates, lentament, molt lentament, feristeles polloses, per a recuperar-vos i fer-vos aprendre la lliçó. Benvinguts, un altre cop, al Camp Disciplinari de Stockum —lentament es va acostar a un dels presoners, se'l va mirar de cap a peus i després li va escopir a la cara; l'home ni es va atrevir a netejar-se—. Sergent! Llegeixi en veu alta el reglament a aquesta cort de putes i vagarros.

El sergent, un tipus alt i prim, es va clavar un monocle a l'ull i va llegir un llibret de tapes negres. Qualsevol desobediència d'aquella reglamentació —tot estava prohibit, a això es reduïen els seus grunys— seria castigada amb pallisses, dejú forçós i reclusions perllongades a la cel·la de càstig. Von Bose escoltava la lectura amb positures de melòman, alhora que passava la mà enguantada pel caparró del gos.

—Endavant! I en formació ordenada, porcarros! —va lladrar el sergent. Pesadament, a cops, ens van fer entrar dins l'edifici. Era fondo i la llum s'hi esmunyia per unes finestrelles estretes. Ens van treure els grillons i ens van fer despullar; vam quedar tots exhibits, cossos penosos, esgotats i trèmuls. Alguns de nosaltres s'encarregaren d'amuntegar tota la nostra roba dins unes saques enormes. Després, ens alinearen contra la paret. Rient, alguns soldats se'ns acostaren i grossers començaren a inspeccionar-nos; anàvem nus però no es cansaven de grapejar-nos i assestar-nos bufetades. Ens van furgar la boca i el nas, entre les cames i les natges, i ens introduïren una xeringa d'acer dins les orelles. A les dones, els palpaven els pits amb els canons de les pistoles. Amb això, van estar unes quantes hores. Vam sortir del cobert i vam encaminar-nos per un camí de grava. Ens obligaren a córrer: les pedres ens encetaren les plantes dels peus. Vam alinear-nos davant un altre edifici. Aquest encara estava per fer. Va ser el primer cop que vaig veure els altres reclusos; figuracions mig mortes del que ens esperava.

Alguns treballaven, sota l'amenaça d'uns quants fusells, aixecant una paret baixa i traginant pedrotes. A nosaltres ens van fer entrar dins aquella nau; del sostre en penjaven uns tubs que començaren a rajar una aigua gelada. Ens tingueren en remull una bona estona. Per no defallir havíem de saltar i tustar-nos els uns als altres. Tremolant, ens obligaren a seguir avançant. Més endavant ens esperaven els barbers: uns condemnats indolents, impassibles, que ens raparen el cap i ens depilaren tot el cos de mala manera. Després, ens empastifaren amb un producte químic desinfectant, una pols grisosa, que feia esternudar i que irritava d'una manera inaguantable. Cadascuna de les nostres queixes era rebuda a riallades per la tropa, que s'ho mirava amb brutal condescendència. Ens van anar tirant la roba, un pijama de tela basta i rugosa, ratllat i ja brut de greix i sang mal rentada. L'equip també incloïa uns calçotets, un parell de mitjons bastos, una jaqueta de la mateixa tela i una gorra. Per tot calçat vaig rebre uns esclops holandesos, amb la sola de fusta sense treballar. Els pantalons m'estaven enormes, i la brusa tenia un forat a sobre el cor.

El presidi consistia en incomptables casetes de taulons, fondes i enfilades l'una al costat de l'altra davant d'un carrer fangós, mal empedrat amb rocs vermells, casetes sostingudes per pilons baixos, amb uns esglaons a davant i amb algunes poques finestres protegides amb reixa. Entre elles, intentaven prosperar uns parterres d'herba menuda, amb alguns matolls arronyacats. Tot estava envoltat de filferro espinós, tanca rere tanca, cada cop més altes i en successió, totes proveïdes de fanals; un cartell ens advertia que estaven electrificades. Cada cinquanta metres s'elevava una torre de vigilància, de fusta i maons, proveïda d'un parell de metralletes i focus. Més enllà, creixia un bosc fosc i atapeït. A l'altra banda del camí hi havia una mena de quarter de la tropa, una construcció tètrica, enorme, de dos pisos de pedra negra, coronada per torratxes i banderes. Al fons del caminoi es distingia una casa de tres pisos, blanca i envoltada d'arbres, amb un porxo cobert: allà devia viure el Comandant Von Bose.

Ens van separar de les dones i ens indicaren els nostres barracots. El primer estatge estava ple de bancs i d'armaris, tenia tota la pinta d'un menjador. Després hi havia un espai amb una filera de latrines, estret i obac: empudegava. Des d'allà s'accedia al dormitori. Com a molt, en aquell estatge hi cabien quinze homes; però ens hi vam haver d'acomodar més de cinquanta. Arrambades a les parets hi havia les lliteres, prestatges de fusta amb una màrfega de palla bonyeguda, coberta amb una manta prima i llardosa. Vaig allitar-me contra un envà, gairebé abraçat a en Bruno, que no m'abandonava, els dos ens sentíem completament destarotats. Allò, aquell lloc, aquella situació, el judici, el tren, la furiosa soldadesca, aquells casots plens d'ombres d'homes idèntics a jo, malgirbats i famolencs, confusament rabiosos, espantats fins a l'últim racó de l'ànima. No pensava en res, simplement descansava, la fam em produïa un lleu mareig, un ensopiment feixuc que es va apropiar de la meva consciència. Però el descans no va durar gaire, ben aviat van fer sonar la campana: segons el reglament havíem de sortir a fora i formar en perfecta línia davant el caminoi. Com que ens retardàvem, van entrar un caporal, bufant un xiulet eixordador, esgrimint una verga, va espavilar els ressagats a ventallades.

El caporal, un home de nas enorme i bulbós, amb una panxa prominent i caiguda sobre la cintura, ens mirava amb complaença. Va obligar dos presoners a anar fins al quarter i a traginar un llarg tauló. El van deixar a terra, davant nosaltres, i van tornar a la filera, no sense que abans el caporal els hagués propinat a cadascun una sorollosa bufetada. Se'ns acostava un tinent.

—Així que aquí tenim la darrera fornada de porcs i de traïdors! —el tinent es passejava amunt i avall, fent tentines sobre el tauló, divertit mostrava unes dents blanquíssimes. Semblava molt jove, la cara de pell pàl·lida i fina, els ulls verds i menuts. Portava la camisa sense botonar, mostrava la blancor del pit, ample i poderós, sota la cara quadrada. Jo hauria jurat que anava embriac, m'arribava una lleu fetor de ginebra, de perfum de dona i sudoració—. Tu! —va dir assenyalant amb un petit fuet un home—. ¿Com et dius?

—Eldwin Finster, senyor! —va dir l'altre, empès per un SS.

—¿Edat?

—Vint-i-tres anys.

—¿Condemna?

—Quinze anys de treballs forçats.

—¿A què et dedicaves?

—Era ballarí.

—¿Ballarí? ¿Un marieta? ¿Per què t'han condemnat?

—Conducta indecent, senyor.

—Així que aquí tenim un sodomita, un invertit, un

maricó. Ha, ha. Ho he endevinat! Eldwin, aquí et corregirem les teves males inclinacions. ¿Eh que sí, nois? —Molts dels SS van riure excitats i li aplaudiren la gràcia. Llavors, l'oficial va fer posar el ballarí de genolls. Li lligaren les mans a l'esquena mentre ell es descordava els pantalons; rient, el tinent va pixar sobre el presoner, li va mullar la cara, el coll i el pit; el ballarí agitava el cap i es queixava amb una bona cridòria. Quan va acabar la pixarada, dos SS el van aixecar a bastonades i se l'emportaren. Ja no el vam tornar a veure en un parell de setmanes.

—¿I tu? Nom! Edat! Condemna!

—Arnold Braun, senyor! Trenta anys. Quinze anys de treballs forçats per activitats clandestines.

—¿Anarquista? ¿Comunista?

—Maçó, senyor.

—Vint assots pel maçó!

S'acostaren dos sequaços i li subjectaren les cames amb un cep. El van tirar a terra i començaren a flagellar-li les plantes dels peus. L'home, primer va xisclar, però després va perdre el sentit. El reanimaren a cubellades d'aigua i el tornaren a incorporar a la filera. Ningú va escapar a aquesta presentació. A mi m'obligaren a fer cent flexions, m'envergaren vint bufetades i em van fer empassar una glopada de fang, vaig vomitar el darrer buf de vitalitat que se m'aferrava a l'ànima.

A la zona de comandància ens van fer omplir un caramull de papers amb les nostres dades; finalment completaren l'expedient amb una fotografia. Se'ns va assignar una xifra, la meva era el 4499, i se'ns va donar un triangle de tela, que nosaltres mateixos vam haver de cosir sota l'espatlla esquerra. El meu triangle era de color vermell, però n'hi havia de verds, negres, violetes, marrons i de color de rosa. Tots designaven, mitjançant un codi precís, el nostre delicte: criminals polítics o per delictes comuns, reincidents o novells, infractors de les lleis racials —també anomenats «criminals contra la raça»—, asocials, gitanos, homosexuals, tots tenien el seu emblema, i als estrangers se'ls imprimia, a més, la inicial del seu país d'origen en la tela de color. Més tard, veuríem jueus lluint dos triangles superposats i grocs.

En acabar la declaració de dades ens feren formar enmig d'una espècie de placeta. Allà davant s'obria el portaló, coronat per una torre, amb una arcada gran i ampla, de pedra gris, que separava la zona de presoners dels habitatges de la tropa. Sobre l'arcada penjava un cartell de metall, on es podia llegir la següent inscripció, gravada amb lletres vermelloses: «A cadascú el seu». Davant de nosaltres s'alçava una plataforma de fusta, a la qual s'hi pujava per dues escales, elevades per cada un dels seus costats. Semblava un escenari però no era res més que el cadafal. Vam estar alineats i en silenci més d'una hora, sense fer res, estúpidament immòbils, fins que finalment vam poder anar als barracots, on vam poder menjar alguna cosa. Ens van donar un bocí de pa de munició —pa sense crosta ni molla, amb gust de serradures i ple de pedretes—, un tros d'una carn seuosa i pudent i un tall de margarina. Ens van advertir que administréssim bé el menjar, que trigaríem a rebre'n una altra vegada. En Bruno ho devorava tot amb un trist fervor.

Estàvem asseguts l'un al costat de l'altre, a la taula del menjador, tots immersos en un silenci on només se sentia soroll de deglució, les boques mastegaven estrepitoses; besàvem el pa, recollíem cadascuna de les seves miques amb les puntes dels dits. A fora, la nostra primera nit arribava.

—És carn de balena —va dir en Bruno.

Però ningú tenia esma per parlar. Tothom devorava la seva ració, sense fer cas de les admonicions ni guardar res per al dia següent. Ben aviat, vam liquidar la pitança; alguns de seguida van haver d'anar corrent cap a les latrines. Qui imaginés que podríem descansar anava ben equivocat. Va entrar un sequaç de la SS, el nostre kapo, com aprendríem a dir-ne després, i va fer-nos sortir una altra vegada cap a fora. Era un tipus cepat, calb, apàtic però venjatiu, que portava sempre al cap una ridícula gorra amb orelleres, amb la qual intentava tapar-se una cara plena de matadures purulents. Va guanyar-se el malnom d'en Nafra.

Vam encaminar-nos en filera un altre cop cap a la placeta. A poc a poc anaren arribant tots els altres presoners. Eren una multitud incomptable: fileres i fileres de cossos desnerits; mirar-los m'omplia de por i de ràbia; l'agrupament, veure'ls junts a tots, els feia, si era possible, més esgarrifosos. En tots ells hi havia una mena de roïndat; la fam els donava un aire d'ignomínia sotmesa i servil, preparada per a qualsevol infàmia. En estar tots alineats, dos SS van cridar l'orquestra. D'entre els reclusos van apropar-se cinc homes, que van treure els instruments d'un bagul. Van carregar-los —hi havia una trompeta, un saxo, un petit tambor, un violí i un clarinet— i pujaren al cadafal. A l'ordre del tinent començaren a tocar valsos, marxes militars i cançons populars. A nosaltres ens obligaren a ballar junts, d'aferrat, a fuetades. En Bruno se'm va abraçar i així vam giravoltar pesadament, amb els peus enfangats, durant un parell d'hores, sota la llum dels focus, mentre els SS bevien i reien i ens miraven dansar. De tant en tant s'acostaven a alguna parella i els obligaven a besar-se. Si algú no ballava prou bé, amb prou energia, es guanyava un mastegot.

Així, va passar més d'una hora. Em sentia embotit, les cames començaven a inflar-se i tornava a sentir una gana feroç. En Bruno semblava que m'anava a caure a sobre, jo devia fer-li la mateixa impressió. El sentia plorar, però dissimulava eixugant-se els ulls amb el puny de la camisa. Jo li mussitava a l'orella: «aguanta, ben aviat tot això acabarà». Però, quan els SS es van cansar de fer-nos classes de ball, ens obligaren a cantar en veu alta. Vam entonar cançons odioses i estúpides més d'una altra hora, cançons per a nens, «Un ocell arriba volant» o «Què és el que resplendeix al caire del bosc». Els músics van desar els instruments; alguns van rebre, «per desafinar», unes plantofades, van retornar a les fileres i s'incorporaren al cor. Mentre cantàvem, hi havia alguns SS que emulaven els directors d'orquestra, movien les mans amb teatralitat i de tant en tant empinaven el colze. I si, segons ells, no donàvem el to, ens feien tornar a començar. Es divertien com nens sàdics, talment el gat que juga amb la rata: el nostre sofriment els acontentava.

Dins el barracot, mig allitats, defallents, vam comentar el que ens havia passat. Així vaig estrènyer algunes relacions. Però tots estaven tan cansats que ni tenien energies per enfadar-se. Jo, a pesar de l'esgotament, em sentia tan indignat que tenia ganes d'enfrontar-me amb qualsevol oficial. Només aquesta sensació d'odi em vivificava, la còlera m'encenia la sang. Em veia a mi mateix fuetejant el soldat que m'havia maltractat mentre comptava les meves flexions, i només això, aquesta vilesa, ja em donava un motiu per viure. Assaboria per avançat una venjança que no va arribar mai, però gràcies a la qual vaig poder subsistir. Va entrar el kapo i ens va exigir silenci. Va apagar el llum interior i tot va quedar per un instant a les fosques, fins que ens adonàrem que a fora els focus recorrien tot el terreny; vigilant, passaven feixos de llum cada pocs minuts davant les nostres finestres, i era com si es fes de dia: tot quedava il·luminat, per un moment veia els rostres de tots els captius, els ulls oberts i l'aguait, insomnes en una ganyota estupefacta. Se sentien lladrucs de gossos i alguns trets, imprecacions llunyanes i laments esgarrifosos.

«L'infern és buit», vaig pensar citant Shakespeare, «tots els dimonis són aquí». Just quan estava a punt d'adormir-me, va sonar una alarma antiaèria, un udol feridor que ens va sobresaltar. Alguns començaren a xisclar, posseïts per la por. Per la finestra vaig veure volar un zepelí. L'avís va durar més d'una hora, però ningú no va sortir del barracot. Jo em vaig tapar les orelles amb els dits. L'alarma va parar i tots vam intentar agafar el son.

Aquell primer dia serà per mi sempre inesborrable. A partir de l'endemà va començar una rutina destructiva i bestial. Cada dia era el mateix: llevar-se a les sis del matí i en un parell de minuts haver de fer el llit i sortir a formar a la placeta. En aquell temps escàs havíem de deixar el llit perfecte. Si la manta no quedava completament allisada, si es distingia la més petita arruga o desnivell a la màrfega, ens guanyàvem una bastonada d'en Nafra, que a més ens desfeia completament el llit. Alguns el van haver de fer més de deu vegades seguides.

Ens donaren mig litre d'un líquid negre amb gust de terra i garrofes mòltes, que anomenaven «el cafè», i ens assignaren un treball a tots. A mi, les primeres setmanes, em va tocar la pedrera. Allò, evidentment, no era un treball, sinó una altra forma de tortura, i de les pitjors imaginables. Tot estava pensat per fer-nos sofrir, per acabar amb nosaltres d'una manera dolorosa. La meva quadrilla estava formada per un centenar d'homes abatuts. Formats en filera sortíem del camp, vigilats per un capatàs i un escamot de soldats armats amb fusells i pistoles. Així desfilàvem cada matí per un caminoi abrupte que creuava el bosc: el capatàs anava darrere de tot, en una moto, mentre que l'escamot obria la comitiva, assegut en el remolc d'un camió. Nosaltres havíem de marxar, entre els dos, a pas ràpid. Feia un fred que gelava l'alè. La pedrera estava a dos quilòmetres. Quan arribàvem, entre nosaltres, els presoners, havíem de competir per les eines a estirades i cops. Ens precipitàvem cap al munt de pics i pales i lluitàvem, per a la diversió de la soldadesca, per obtenir amb què treballar. Quedar-se sense eina podia equivaldre a rebre un càstig per vagància, mentre que trencar-la en la lluita implicava una condemna per sabotatge: les dues comportaven uns quants dies de visita al temut «Calabós Negre».

Baixàvem a la pedrera, l'enorme esvoranc fet a una muntanya de mala petja, ple de cantons mal escairats, de roques i pols. Si havia plogut, hi havia molts bassals d'aigua, llefiscosos, plens d'un llot blanquinós, immersos en els quals havíem de treballar amb els peus mullats i les cames enrampades; les sabates no eren bones per res, ben aviat la sola s'esberlava i, si no s'hi posava remei amb bocins de tela, formava uns escarrassos carnissers. Picàvem defallits i traginàvem els rocs fins a unes gavetes, que havíem de pujar muntanya amunt, empenyent de dos en dos, i tornar a descarregar després en una plataforma. Aquesta era col·locada a sobre d'un remolc que, quan estava ple, una quadrilla de transport portava al camp a estirades o empenyent, talment bestiar de càrrega. Allà, una altra quadrilla usava les pedres per aixecar una soll de porcs, per a consum de la tropa.

El més complicat era treballar sense perdre les forces. La capacitat humana per resistir és més gran del que mai hauria imaginat. Si algú es desplomava, de seguida el capatàs s'acostava i li envergava fuetada. O algun soldat disparava a prop seu: el terror a ser ferit l'espavilava. Si era incapaç d'aixecar-se, però, l'havíem d'agafar entre nosaltres i portar-lo al remolc, d'on partia cap a la infermeria. A molts dels exhausts no els vam tornar a veure. A mig dia pujàvem a una esplanada i rebíem la sopa: un líquid espès, ocre i salabrós, on, amb una mica de sort, hi suraven alguns brins d'una carn de cavall tan dura que no podia mastegar-se. Sense temps per pair havíem de tornar a picar i carregar, fins que es feia de nit; llavors retornàvem al camp al ritme del trot.

A la pedrera vaig veure atrocitats; el capatàs, un home de cabells blancs, amb el cap rodó, gras i gruixut com una bóta, a qui tots anomenaven Odell, una tarda anava molt begut. Odell era hamburguès, i abans de ser capatàs havia estat presoner com nosaltres: segons em contaren, havia mort una vídua a destralades. El més normal era que Odell sempre anés una mica calent d'orelles, però aquell dia s'havia excedit de mala manera. Des de dalt d'un munt de roques, bramulant, sense abric i amb la camisa descordada, disparava als que pujaven muntanya amunt, esgotats i dèbils, per buidar la vagoneta. Aquests, atemorits, seguien empenyent. Però un d'aquests trets va estavellar-se contra una pedra, que va deixar anar esquerdes que sortiren disparades arreu. Una va clavar-se en l'ull d'un presoner. No estava lluny de mi i el vaig poder veure: el projectil de pedra li havia entrat dins la conca i no parava de sagnar. Es va tirar de genolls i va començar a queixar-se, deixava anar uns udols corprenedors, la sang li rajava entre els dits, li queia cara avall, espessa li mullava tota la camisa, els pantalons, fins a terra. Odell va baixar al seu costat, escortat per dos soldats riallers. Aquests agafaren el presoner pels braços i els hi subjectaren a l'esquena. Odell va agafar el desgraciat pel cap i el va estrènyer amb una de les seves mans enormes, per sota la barbeta; semblava que li anava a trencar el coll. Els crits eren terribles, ressonaven per les parets de la pedrera, multiplicant-se i adquirint sonoritats sensacionals. Llavors, el capatàs es va treure una navalla de la butxaca de l'abric, ja amb les mànigues brutes de sang, i l'hi va clavar a l'ull que patia. Després, amb un moviment del canell, el va treure de la conca. Va afluixar el braç i el presoner va caure: havia perdut el sentit. Odell va aixecar la fulla de la navalla enlaire, somrient exhibia la peça als seus sequaços: a la punta hi havia el globus ocular, lluent, amb una cua de petites venes que regalimaven. Tots començaren a riure.

—Ja ha parat de queixar-se. Ja l'hem curat —va dir Odell—. Al remolc falta gent, que ja no treballa!

Jo i un altre presoner el vam agafar per les aixelles i el vam deixar estirat dins el remolc. Però aquell dia no se l'emportaren a la infermeria. Els soldats ni s'immutaren i continuaren bevent i jugant a daus. En tornar a agafar l'eina, vaig trobar l'ull a prop meu, a terra: era una bola de sang, informe i arrebossada de pols. Al seu propietari ja no el vam tornar a veure.

Un matí, mentre marxàvem cap a la pedrera, va caure a terra un de nosaltres. Això passava amb freqüència. Teníem ordres de parar-nos i carregar-lo fins que pogués restablir-se i marxar pel seu compte. El vam agafar, però se'ns va esmunyir i va tornar a desplomar-se. Odell llavors va ordenar que el deixessin enmig del camí. Va fer parar la comitiva, va baixar de la moto amb el fuet a la mà i el va assotar per fer-lo tornar en si fins a esgotar-se. El presoner no reaccionava. Acalorat, Odell va descarregar-li moltes puntades de peu. Rabiós, maleint, va tornar cap a la moto i la va arrencar d'una potada. Li va passar per sobre diverses vegades, d'anada i tornada i fins que es va cansar; llavors ens va fer carregar el mort, una pelleringa desfeta, un sac de fang i sang i ossos mòlts, fins a la pedrera.

Vaig assistir a moltes execucions. Els intents de fuga eren tan habituals que gairebé cada dia faltava algú en el recompte. Un dia van escapar-se de la nostra cordada dos homes, dos gitanos indomables i esquerps: van aprofitar que Odell s'havia ressagat amb la moto i es van perdre dins el bosc, entre l'arbreda. Quan vam tornar al camp, de seguida s'adonaren de la seva manca. Els soldats van carregar els fusells, atiaren els gossos i sortiren a pentinar el bosc, fins que els trobaren, més de sis hores després, mig enterrats sota un munt de fullaraca. Les regles del camp ens obligaven a formar dempeus al pati mentre no quadrés l'escrutini o els fugitius no fossin retornats. Aquesta espera era inaguantable; després de tot un dia de treball, l'únic que volíem era rebre el sopar i anar ben aviat a la llitera. Estar formats era absolutament martiritzador: als presoners ens flaquejaven les cames, quèiem a terra rodons, això ens feia guanyar-nos un bon feix de xurriacades. Finalment, gairebé ja llostrejava, va retornar un esquadró amb els dos gitanos encadenats.

Tenien les cames ensangonades, els gossos s'havien assaciat. Els van fer pujar al cadafal a culatades, els van treure la roba i els van assotar sobre el poltre de càstig: per tot el camp se sentia la seva cridòria. Després, però, en lloc d'ajusticiar-los i acabar d'una vegada amb el dolor, van fer pujar-hi també l'orquestra, tal com manava el ritual: els músics havien de tocar i fer-los ballar amb la soga al coll. Els havien penjat sobre el pit un cartell on es podia llegir la següent inscripció: «Som feliços d'haver tornat entre vosaltres. Visca per molts anys el Reich i el Comandant Von Bose». Ballaven abraçats mentre sonava la música, movent-se pesadament sobre la plataforma accionada per una palanca, que obria el mecanisme que ben aviat els faria penjar sobre el buit. Per descloure la portella i acabar amb la tortura s'usava un gos, a qui s'atreia amb un bocí de carn crua, o bé qualsevol de nosaltres. Von Bose, que gaudia extraordinàriament amb les execucions, deia a l'atzar i en veu alta una xifra i el presoner esmentat havia de pujar al cadafal a pas ràpid; després, ell mateix havia de manipular la palanca. Un que va negar-s'hi també va morir-hi penjat. Els cadàvers es sacsaven feixucs i convulsos abans de morir, de les cames en regalimaven excrements aquosos.

Aquestes i altres atrocitats vaig haver de contemplar. A més, la feina i l'alimentació deplorable anaven acabant amb nosaltres. Cada dia emmalaltia algú: incapaç d'aixecar-se de la llitera, febril, se l'emportaven a la infermeria, on, si tenia sort, l'esperaven un parell de dies de recuperació. Tanmateix, del doctor Hinka se'n contaven també salvatjades. Era un homenet baixet i melós, que es passejava en bata pel camp i s'acostava als presos amb bonhomia. Els feia obrir la boca, els auscultava i si veia alguna cosa que li agradés, els donava un terrosset de sucre o una pastilla blava que els tenia marejats un parell de dies. Hinka et portava a la infermeria i et passava tot el cos pels raigs X: tenia una fixació pels testicles, als quals posava en remull en aigua gelada o massa calenta, fins que feien tant de mal que calia tallar-los. A la pedrera vaig treballar més d'una vegada amb alguns dels castrats; aguantaven poc, de seguida es cansaven i havien de tornar a la infermeria, d'on no tornaven a sortir més que en forma de cadàver. A la més mínima ferida, Hinka amputava tot el membre, a més d'entretenir-se amb les dentadures: es contava que tenia un calaix ple de dents, amb les quals, es deia, construïa una reproducció en miniatura del Reichstag, que volia regalar al Führer al final de la guerra.

Allò era el camp de concentració: la mort planificada. Una rutina d'horror; una lluita, perversa, constant, per la supervivència. Ben aviat vaig deixar de pensar i de lamentar-me; ja no em recordava de Lina, em vaig anar convertint en una bubota consumida, tostemps extenuada, que no pensava en altra cosa que la fam i en la conservació. Anava de diarrea i tenia les cames plenes de sarna, la ronya em cobria pertot. Em curava jo mateix un peu, purulent i blavós, perquè temia que Hinka me l'amputés: llavors ja no seria apte per al treball, i als inútils ben aviat els perdíem de vista. Vaig acabar sent tan corrupte com tots.

Totes les ànimes estaven podrides. Qualsevol cosa era objecte de comerç, tots els kapos eren subornables, pispant i buscant protecció es podia millorar la situació pròpia. A canvi de sis cigarrets i algunes peladures de patata, en Bruno, que treballava a la sastreria, va poder fer desaparèixer un parell de mitjons i uns calçotets amb poques costures, que vaig poder canviar a un soldat —per mediació d'un presoner i a canvi d'una ració de pa i mig plat de sopa d'ortigues— per una gorra de cuir, una gorra que havia pertangut a qualsevol de nosaltres. Vaig oferir la gorra al meu kapo a canvi que m'obtingués treball en una altra quadrilla. I així va ser com vaig aconseguir, després d'alguns dies de negociació, deixar la pedrera i anar cap a les cuines, on vaig robar i traficar amb el menjar per a poder sobreviure.

En el camp hi ha tantes classes socials com presoners. El treball, les malalties, les proteccions de què es disposaven, tot això dotava d'un valor propi a cadascú. Jo treballava a la cuina i era amic del nostre kapo, la qual cosa em donava una certa importància. Ben aviat vaig obtenir roba nova, dret a dutxa i afaitat setmanal. Venia margarina i racions de pa a canvi de cigarrets, que després revenia a la tropa per obtenir influències. Especulava a favor dels més necessitats i dels més dèbils de cada barracot; així, convenia canvis de quadrilla, feia recomanacions, fins i tot alguns dels kapos s'escoltaven les meves idees. Obtenia beneficis per al meu estómac, però mai vaig deixar d'ajudar els altres. D'aquesta manera van passar un parell de mesos. Fins que vaig tornar a caure en desgràcia.

La gossera més important estava situada darrere la cuina. Una gàbia enorme, amb el terra cobert de palla neta i un gran abrigall. A dintre hi havia l'harem del gos del Comandant Von Bose. Sis gosses de la seva mateixa raça, mastiff, de pèl lluent, ben alimentades i inquietes. Hi havia un encarregat exclusivament de la gossera, un tal Korneff, un tipus abjecte, l'únic dels condemnats que coneixíem que conservava una certa greixor. Era morè, d'ulls menuts i verdosos, amb una mandíbula llarga i flonja, que li obria la boca en un gest de mesquinesa. Korneff sabia fer jocs de cartes i era un protegit de debò. Sabia multitud de trucs i amb ells entretenia la tropa: dormia sol en un petit magatzem rere la cuina, gairebé mancat de vigilància, i sempre es negava a ajudar ningú. Era odiat i temut, un canalla monstruós i de la pitjor espècie.

Els gossos, per descomptat, vivien molt millor que nosaltres. Menjaven carn enllaunada i dos cops al dia en Korneff els canviava l'aigua dels ribells, a més de rentar-los cada vegada que Von Bose o el seu ajuda ho ordenaven. Jo gaudia simplement de veure'ls menjar, mentre pelava patates assegut al pati de la cuina. Contemplar com aquelles bèsties s'afartaven, com ficaven el musell dins el perol i deglutien contentes era un espectacle que em reconfortava alhora que m'omplia d'una ràbia ferotge. Korneff, a més de la seva ració de menjar privilegiada, s'alimentava de la carn de les gosses. Més d'una vegada el vaig sorprendre estirat dins el seu recambró, aquell podrimener fosc i estret, on s'allargava a sobre d'una llitera llardosa. Allà dins es preparava el seu propi menjar, un estofat a base de la sopa reglamentària, que ell enriquia amb els bocins de carn que li regalava la tropa, a més d'afegir-hi una llauna sencera de la carn dels gossos. El veia menjar allargat al seu catre, ufanós i insensible a la gana dels altres, després agafava un vell diari i s'adormia. Des d'on jo pelava patates el sentia roncar a grans bocades.

Vaig començar a robar-li llaunes de carn: cada dia me n'emportava una al barracot i de nit repartia jo mateix el seu contingut, a cadascú una cullerada. A les fosques, en silenci absolut, sense que se n'adonés el kapo, a la llum fugissera dels focus exteriors, tots els condemnats tenien dret a participar del furt. Vaig poder sostreure llaunes durant un parell de mesos; aprofitava que en Korneff dormia i m'introduïa lentament dins la seva cofurna, on a peu del llit hi tenia la capsa del menjar. Amagava el meu botí sota les peladures de patata i l'entrava al barracot de nit, abans del recompte. Gràcies a aquella carn aspra, esponjosa i envoltada d'un greix llefiscós, a la qual ben aviat vam acostumar la nostra gana, estic segur que vaig salvar algunes vides. Fins que l'ajuda de Von Bose va venir a controlar la dieta de les gosses; va entrar a la gàbia i els va palpar el ventre i el coll, i va adonar-se que havien perdut pes i que estaven famèliques. Va entrar al recambró de Korneff i el va fer fora d'una puntada de peu. L'ajuda va regirar tot l'habitacle i sota el catre hi va trobar una dotzena de llaunes buides, les que jo hi anava amagant per no deixar proves i incriminar-me.

Ben aviat va arribar el mateix Comandant. Emprenyat, donava voltes pel pati de la cuina, cavil·lava i passejava a grans camades; el seu gos s'ho mirava abúlic, la llengua fora, des del bastiment del sidecar. Korneff s'estava lligat a terra, gemegant, l'havien amarrat a una estaca, l'assotaven i bramava com un ase, el rostre gras i congestionat. Deia a crits que tot allò era sabotatge i robatori, que hi havia un lladre, a qui havien de castigar, assenyalava amb la barbeta la quadrilla de la cuina. Von Bose i el seu ajuda finalment es cansaren d'escoltar-lo i divertits el tancaren dins la gàbia amb la gossada.

—Els animals acabaran menjant-se la carn que els robares, porc! A cadascú el seu! Aquest és el lema del camp! —va dir Von Bose, i va ordenar, abans de partir amb el sidecar, que fos nomenat un altre encarregat de la gossera.

Korneff es va arraulir en un racó de la gàbia i va restar-hi immòbil un parell de dies. Durant uns quants matins el vaig trobar al mateix lloc, petrificat, amb la cara contra la reixa, els ulls oberts, esverats, atònit en una ganyota de terror. Semblava que ni tan sols alenava. A la gossera, per ordre del comandant, ningú va portar-hi menjar durant uns quants dies. Finalment, els animals començaren a ensumar-lo, li passaven el musell per les cames, li furgaven el ventre i el coll. Una nit, des dels barracots, vam sentir com Korneff plorava, les seves queixes s'estenien per tot el camp, les gosses havien començat a engolar-lo. Això va durar tota la nit, fins que els lladrucs van començar a confondre's amb l'horrible esvalot de Korneff: sentíem, alguns amb terror, els altres amb satisfacció, una efervescència greu i rabiosa. Mentre ho escoltàvem assaboríem la nostra ració. La lladradissa va callar de sobte, fins que només va esqueixar el silenci un gran udol.

L'endemà Korneff només era una desferra. El seu successor, un tipus magríssim, a qui anomenaven Dieter, es va encarregar d'arreplegar-lo. Korneff només era un feix d'ossos pelats; les gosses dormien sobre seu, assaciades, roncant amb el musell vermell, llepant somnolentes les darreres gleves de sang, xuclant vicioses la saba de les vísceres: li havien buidat el ventre i rosegat la cara, els intestins s'escampaven pertot, talment les serpentines d'una festa que ha acabat en orgia, li havien arrabassat les dues cames i capolat els ossos. Dieter va emportar-se el que quedava de Korneff dins una carreta, cap al crematori, després va canviar la palla i va abeurar els animals.

Dieter controlava les llaunes d'una manera obsessiva. Vertader artista de la gana, s'alimentava simplement de la ració de reglament. Tenia un cap enorme, una boca de dents negres, els ulls rodons i recelosos. Havia heretat el recambró de Korneff, i el mantenia en un ordre i netedat perfectes. Durant un parell de setmanes no vaig poder furtar-li res. Guardava les llaunes de carn dins un cofre, als peus del llit, un petit bagul metàl·lic, que tancava amb un cadenat, la clau del qual portava sempre penjada del coll magre.

Cada nit arribava al barracot i trobava les mateixes cares: expectants, humils, esperançades, em miraven demanant-me si havia pogut furtar una altra llauna de carn. Jo, abatut, simplement capcinejava i oferia el que aconseguia emportar-me de la cuina: un bocí de pa brut d'oli ranci, peladures de patates, algun nap, uns pocs grumolls de melmelada. Entristit, repartia aquest mínim reforç de nutrició, prometent per a l'endemà l'intent de rampinyar algun aliment de més substància. Però cada dia havia de reconèixer més dificultats; Dieter no abandonava la clau ni per un moment, era impossible acostar-se a la gàbia, i a la cuina tot el que hi havia era miserable: la gran part dels millors aliments anaven cap a les cuines de la tropa. Els meus companys continuaren debilitant-se i defallint. Se'm feia insuportable veure'ls cada dia més extenuats, les cares grogoses, els ulls enfonsats i lluents, la sarna i els polls menjant-nos la darrera porció de vigoria. I sentir des de fora, en formació, com rebien la seva ració de bastonades abans de comprovar que estaven moribunds a la llitera, moment a partir del qual passaven a dependre del doctor Hinka.

Vaig decidir emportar-me tot el cofre al barracot. Amb l'ajuda d'un company, membre de la quadrilla de neteja, vam aprofitar que havia sonat l'alarma antiaèria. Dieter, cada cop que sonava aquell bramul, corria a amagar-se al refugi, on tenia ordres d'emportar-se la gossada. Li passava la corretja pel coll amb gestos ràpids, i sortia emportat per elles, gairebé a rossegons, fins que s'introduïa en una petita tuta. Vam entrar al seu recambró i entre els dos carregàrem el cofre, el vam introduir al barracot i l'amagàrem al fons de l'armari del menjador. Aquella mateixa nit vam forçar el cadenat. I vam celebrar un vertader banquet fins a la matinada.

Dels pocs moments que recordo de vertadera pau. Tocava a gairebé mitja llauna per cap; encara veig els ulls de satisfacció, aquelles mans tremoloses acariciant les llaunes, obrint-les després amb vertadera cura, les cares macilentes, somrient en un posat de plaer sòrdid, tots asseguts a les lliteres, amb els peus penjant, immersos dins aquella penombra freda, il·luminats cada tant pels feixos de llum dels focus vigies. Tots paladejàvem lentament la nostra ració, parlant en veu baixa, ens confiàvem les nostres esperances, aquella nit fins i tot compartíem els nostres records. En Bruno havia aconseguit, del soterrani de la casa d'un oficial —havia deixat la sastreria i gràcies a un suborn treballava netejant els habitatges privats dels caps de la SS—, tota una ampolla de vi, i ens contava en xiuxiueigs tot el que allí hi havia, mentre ens en servia mig dit per barba.

—No us podeu imaginar el que amaga aquella casa —deia, el gest esparverat, la boca flonja—. Quadres preciosos, quadres de museu per totes les parets i fins al sostre. A més d'estàtues, mobles magnífics, gerros enormes i de mil coloraines. No sap un borrall de música, però té una cambra plena de violins, de violoncels i de violes. L'he sorprès acariciant-los amb fruïció. Diu que formarà un quartet de corda personal, només per ell i la seva dona. Quan entra al camp algun músic, se'l fa enviar a casa i li fa una prova. També té una habitació farcida de coberteries de plata i d'or. M'han dit que tot són coses robades als jueus. Un tipus del barracot vint-i-sis, que prové d'un altre camp, explica que darrerament se'ls emporten a tots a llocs com aquest. Abans, però, els prenen tot el que tenen. La casa pertany a un tinent coronel. Aquest tipus abans treballava de pintor de parets; el recordo, sí, va venir a pintar casa meva... I mira'l ara, tot per afiliar-se a la SS i fer mèrits dins el partit. Cada tarda fa venir un pintor, un condemnat per marieta que s'està al barracot trenta-dos, i es fa retratar a mida natural, dempeus vora un bust de Hitler. Dins el soterrani hi té més de trenta pernils, els he comptat, trenta, a més d'ampolles de tots els tipus, i segur que tan bones com aquesta.

Ens l'escoltàvem amb la boca oberta, cada paraula seva era com un conjur, invocava davant els nostres ulls una presència.

—¿I la seva dona? —va demanar una veu dins la fosca.

—La seva dona l'enganya amb un sergent. Ho sé. Mentre jo rentava el cotxe al garatge veia com es besaven dins la cuina. Cada dia arriba a la mateixa hora, mentre el marit fa la seva ronda pel camp. Si s'adonen que ho sé ben aviat em faran desaparèixer. S'ha d'anar amb molt de compte.

—¿I és com la dona de Von Bose? —va inquirir una altra veu.

Arabelle Sauer. Alta, rossa, gegantina i d'una bellesa vil. Feia unes quantes setmanes que la vèiem passejar pel camp envoltada d'una cort de donzelles encofiades; mudada com una reina, sempre de blanc, enjoiada i desdenyosa, amb un fuet de cuir blanc a la mà; «la comandanta» desfilava investigant per tots els barracots, i mai es perdia cap de les dutxes. Li agradava contemplar les llargues cues d'homes nus esperant el seu torn per a la neteja; s'ho mirava extasiada, amb un somriure maligne, assenyalant amb un dit obscè qualsevol detall, rient ostentosa del que li agradava. Si algun presoner la mirava amb recel, curiositat, antipatia o ànsia, el feia agenollar als seus peus i ella mateixa el fustigava mentre l'obligava a llepar-li les punteres de les sabates de taló. Es pintava els llavis d'un roig sangonós —les dents un llampec—, i sota el vestit, quan es movia, s'endevinava la seva superba nuesa: no usava roba interior. Fustigava qualsevol de nosaltres i tremolosa s'agitava la seva enorme pitrera, repleta i rodona, que cap dels homes podia deixar d'admirar amb una repulsiva mescla d'odi i desig.

D'ella també se'n contaven barbaritats. Es deia que tenia una col·lecció de carteres de pell. Però de pell humana! Contaven que les rebia d'un altre camp, on mataven els presoners que portaven tatuatges, els esquarteraven i en feien carteres, portamonedes i bitlleters ornamentats. Deien també que durant les orgies de la SS, Von Bose l'oferia a tots els seus oficials, i que ella, voraç, mai refusava una verga.

—La comandanta és més alta i més rossa —va dir Bruno—. Aquesta és prima i mandrosa, i mai no es lleva abans de migdia. Li fa fàstic tot el camp, per on mai s'apropa; diu que s'hauria d'acabar d'una vegada amb nosaltres... És més jove, també. Només és una nena malcriada. Hauríeu de veure tots els seus vestits: n'hi ha de tots els colors, de totes les teles. Té un munt de revistes així. Es passa tot el dia menjant dolços estirada al sofà, espera el seu amant amb una camisa de dormir que li transparenta la pitrera.

—¿I com té les mamelles? ¿Li has vist el cul?

En Bruno, per no decebre, deixava volar la imaginació, descrivia aquell cos amb detall, el delineava com si l'hagués vist de prop o acariciat, parlava amb uns xiuxiueigs luxuriosos. Ens alimentàvem de carn per als gossos, de deliris i al·lucinacions.

—Aquestes dues es mereixen garrots fins a rebentar! —va dir una veu dins la foscor—. Gosses de l'infern! ¿Qui no es menjaria ara les mamelles de la comandanta? ¿Us imagineu? Ben enfornades, cruixents, envoltades de tòfones.

—I aquell cuixam. Quan em passa a la vora el sento tremolar. M'arriba aquella olor grassa i feraç, de femella eixida...

—Jo abans de degollar-les i de beure'm tota la sang me les follaria —va dir una altra veu—. Sí, fins que els sortís la llet per les orelles. Putes farcides de llet de mascle. Putes al forn... ¿Qui s'apunta a la disbauxa?

—Deuen tenir un cony com un pou de sofre —una veu més entre la fosca—. Si la hi fots a dintre segur te surt dessecada com un xoriço.

—A mi ja ni se m'empina. Però et juro... La sang fregida és bona, amb un raig d'oli verge i una fulla de llorer.

Rèiem. Assaboríem la fartum i un somni de venjança. De sobte, però, a fora vam sentir soroll: corredisses i improperis, el kapo s'acostava a passos ferms. Ens vam amagar sota les flassades, vam intentar ocultar les llaunes i ens vam fer els adormits. Va entrar en Nafra de cop, armat amb unes xurriaques, colèric va picar sobre les mantes, a crits ens va fer sortir a formar a fora.

Tot just llostrejava. L'aire era fred i em coïen els ulls. En Nafra regirava el barracot, sentíem el daltabaix de les lliteres, com tirava a terra les màrfegues entre imprecacions. Ben aviat vam sentir com rodolaven per terra les llaunes. Mentre formàvem ens apuntaven dos soldats amb els fusells, del quarter va sortir el tinent i va apropar-se.

—En aquest barracot hi ha lladres —va dir, la veu somnolenta—. Acabo de rebre una denúncia.

En Nafra va acostar-se a l'oficial. Portava a la mà un parell de llaunes.

—¿Qui de vosaltres és el lladregot? Podem jugar a endevinar-lo...

El tinent anava i venia irritat sobre el tauló. Parlava amb rancor i desgana. Havia ensumat l'interior dels pots, ens havia mirat de fit a fit i els havia deixat caure a terra amb repugnància.

—¿On és el denunciant? —va demanar.

Li van portar Dieter.

—¿Com és que t'has deixat robar, rata? ¿Potser no ets el responsable de vigilar tot el que fa referència a la gossera? Segur que també hi estàs implicat. Porteu el cep!

Van amarrar-li els peus i li envergaren les vint-i-cinc fuetades. Ell mateix les va comptar abans de perdre el sentit. Li van tirar aigua per reanimar-lo, però no va tornar en si i el seguiren colpejant.

—Digues! ¿Qui d'aquests és el lladre? Parla! —el tinent li trepitjava el cap contra les pedres. Però Dieter no reaccionava—. Parla, maleïda escòria!

Els dos soldats el posaren dempeus i el bufetejaren: exsangüe seguia sense respondre, el rostre enfangat.

—Caporal! Porti tota aquesta morralla al Calabós Negre!

El caporal es va quadrar i va dir, sorneguer:

—Em sembla que és ple, senyor.

—Doncs que el netegin i hi facin lloc. Fins que surti el lladre! I portin aquesta merda a la forca! O a cremar! —va dir escopint a la cara de Dieter.

Tot un barracot de l'ala cinquena havia estat enfosquit i tancat completament: allà no hi havia lliteres ni màrfegues, només dues galledes en un racó per a pixar i cagar. La reclusió durava dies i dies i la ració de menjar estava reduïda a la meitat. Vam haver de treure els homes que hi havia allà dintre: vertaders esquelets, titelles sinistres de pell flàccida i grisa. Consumits, ni tenien energies per parlar, amb senyals ens van donar entenent que a més hi havia tres cadàvers a l'interior. Els vam treure i se'ls va emportar la quadrilla de neteja, amuntegats en una carreta cap al crematori. Els SS ens obligaren a buidar les galledes i ens hi foteren a dintre.

La fosca d'allà dins era impenetrable. Estàvem asseguts un vora l'altre, amb les esquenes contra la paret, quiets, alenant en silenci aquell aire corrupte. La calor començava a mossegar, el baf es condensava en el sostre i formava gotes que ens queien a sobre, com una pluja maligna que ràpidament va formar a terra alguns bassals. Ens vam haver de treure la roba, ens corroïa la por, la ràbia, la vergonya.

—Assassins! —va dir algú—. Morirem tots aquí dintre!

—Calla! —va respondre en Bruno vora meu.

—Walter, entrega't. Confessa que tu ets el lladre i ens deixaran anar —va dir un altre.

Però el robatori ja no importava a ningú. Tots ells havien participat del lladronici i ho pagarien. Jo pensava: «Lina». Jo pensava: «Quin desastre! Això és insuportable. La desgràcia, la humiliació, la degradació absoluta, la infàmia de l'home sobre l'home: tot ho he experimentat. ¿On és ara la meva confiança, la meva fe en el destí, en la providència? He tastat el gust de l'horror. Ara mateix el paladejo. L'horror és aquest calabós, i aquest calabós és la història. Walter Stamm: ara saps la veritat, ara la degustes, l'ets, Walter Stamm, tasta el suc més autèntic de la història, l'oli amarg que engreixa l'engranatge dels segles. Walter Stamm, volies ser poeta, Walter, poesia i veritat. El dolor, Walter. Els que ens fan això desconeixen el dolor, si sabessin el que hem sofert, el que sofrim ara, ens traurien d'aquí i ens abraçarien. Però llavors seríem nosaltres els qui, per venjança, els tancaríem aquí dintre a morir com cucs a dins un pot. Ens odien sense motiu. ¿Sense motiu? Sempre hi ha motius, Walter. Tot és justificable. Fins i tot consumir-se aquí dintre té un sentit. Això és el més monstruós, l'inacceptable. Que tot això té un sentit... Sóc un home, em dic Walter Stamm i voldria morir ara mateix, abandonar d'una vegada per totes aquestes tenebres d'angoixa. Desfer-me d'aquest desconsol, d'aquest odi, de l'espant de la incertesa. Ja no sento res, em manquen les forces, em miro la vida des de les portes de l'infern: tot em sembla una farsa perversa. Però els meus carcellers són pitjors que dimonis, perquè són homes, homes com nosaltres, els que ara estem aquí dins, ofegant-nos els uns als altres, desmaiats i vençuts i purulents. Res ha servit de res en la història humana. Si un sol home pateix en mans d'un home. Si un home, jo Walter Stamm, abans un home, pateix...»

—Em van portar aquí per desertor —va dir un mormol dins la fosca—. Em vaig allistar voluntari per sortir de casa. Odiava la meva dona i els nens. Tornar cada dia a casa i trobar-me'ls m'era inaguantable. La cridòria dels menuts, el mal humor de la meva esposa. Els problemes domèstics, la manca de diners, els matalassos mullats al matí, les malifetes, les bufetades, la sopa de col i la meva dona esquiva dins el llit. «Deixa'm», em deia, «deixa'm que despertaràs la canalla o me'n faràs un altre i et juro que l'ofego a la banyera». Ho avorria tot això, abans. Jo abans de la guerra treballava de taxista. Arribava baldat a casa cada nit, ¿i què hi trobava? Xiscladisses, sopa de col, la dona malcarada i nens plorant per ximpleries. Sortia al carrer, entrava a qualsevol taverna i m'engatava. Quan tornava a casa, la dona em bufetejava i em deia de tot. Vaig allistar-me per això, per fugir, però quan va caure un obús a prop meu i va destrossar dos nois molt joves ho vaig començar a enyorar, us ho juro, i per això vaig desertar, covardia...

—Calla!

—Només ara sé que allò és el que més estimava. El que donaria ara per saber de la meva dona i els fills. Per tornar a escoltar les seves disputes i plors. Per rebre una bufetada de la dona. Per tenir-la entre els braços, estrenyent-la contra meu mentre em maleeix, sentint contra la cara les seves mames toves, grosses com cabassos, mentre un dels meus fills em mossega una cama i l'altre m'estira els cabells o em colpeja l'espatlla. Allò era la glòria...

—Calla!

Però el silenci era irresistible. Cada segon es podia palpar. Vivíem dins el buit, al cor mateix de la desesperança. Alenar cada cop era més difícil, sentia com l'aire em pressionava a la gola i em tornava a la boca amb un estossec de fastig. Així va passar tot un dia. De tant en tant, algú de nosaltres picava amb el cap per les parets i xisclava: un crit ofegat, embogit, descomponia el silenci i ens enfonsava cada vegada més al fons d'aquella tortura. Vaig caure dins una letargia plena de sobresalts, el més mínim cruiximent de la fusta o soroll de fora m'estirava cada un dels nervis, em tensava fins a fer-me defallir. I així el temps es va apropiar de nosaltres. Vaig perdre el sentit.

Tot el que recordo d'aquelles setmanes és una gran lentitud. Ens obrien el Calabós Negre i sortíem a fora per torns. La llum del sol m'encegava, sentia com em pressionava a les temples, com m'escalfava la pell, ja tota plena de nafres. Allà consumíem en pocs minuts mitja ració de potatge de naps. Si no ens l'havíem acabat, ens colpejaven sobre els bols i els tiraven a terra, ens obligaven a tornar a entrar al calabós a culatades. Cada cop que sortíem, fos a rentar-nos o a afaitar-nos o a menjar, els meus companys m'acusaven: s'acostaven a qualsevol SS i m'assenyalaven, els feien entendre amb algunes paraules extenuades que era jo el culpable i que ells no ho havien de pagar. Els SS es reien d'ells, els tiraven a terra amb una lleu empenta.

Cada dia que passava érem menys homes allà dins. Havíem de treure nosaltres mateixos els cossos exànimes, ni vius ni morts, consumits en el propi vapor, i amuntegar-los sobre una carreta. Un d'aquells dies vaig veure com en Bruno —¿però era en Bruno? ¿o ja era el seu fantasma? Un cos angulós, inarticulat, lent— sortia cap a fora i es desentenia de la cua del menjar. S'apropava amb passos somnolents cap a les tanques del camp, desobeint les ordres de parar-se que li arribaven des de les torres de vigilància, i anava a estimbar-se contra les reixes electrificades. La ràfega de la metralleta va coincidir amb l'espurneig esgarrifós de la descàrrega elèctrica: vaig veure com s'agitava pres per un sobtat vigor de mort, com es cremava envoltat per un halo de blanca llum despietada. Em va semblar una mort preciosa, necessària, però no vaig tenir energies ni coratge per renunciar a la meva ració de menjar.

Desconec els dies que vaig passar així, surant dins un desmai d'insensibilitat, convertit en una simple massa mig vivent i esgotada. Veig un matí amb molta llum. Al meu costat, ja només hi havia una dotzena escassa dels meus companys de barracot. Desfilava davant nosaltres un oficial de molta graduació, segurament un cap d'unitat de la SS, que ens mirava amb gest desdenyós, la mandíbula altiva i els ulls de biaix. El doctor Hinka ens palpava el ventre i el pit, portava davant el nas una mascareta i afirmava amb el cap a cada una de les paraules de l'oficial, ens feia obrir els ulls i ens escrutava.

El següent és la infermeria. Abans d'entrar-hi ens van fer dutxar i ens desinfectaren. Era una habitació amb les parets de color ocre, no gaire gran, amb una vintena de lliteres alineades vora les parets tèbies. Hi havia un bon finestral, per on es veia un petit jardí amb alguns rosers d'un vermell escarlata.

Em tingueren unes quantes setmanes allargat, recuperant-me. Dos infermers em donaven completes les racions de menjar, pa calent i sopa de la bona, a més de terrossets de sucre. M'embenaren les ferides i me les netejaren dos cops al dia, a més d'administrar-me injeccions i fer-me empassar grosses píndoles. A poc a poc recobrava la vivesa, sentia energies per alçar el tors del llit i aixecar les cames, les quals sentia sempre traspassades per una corda de dolor. Des de la llitera sentia els riures dels infermers, contemplava traspassat per una estranya fascinació les seves cares colrades i sanes, veia com llegien asseguts a l'entrada de l'estança, i això, l'estampa d'un home sa i en calma, gaudint d'un llibre en el repòs de les hores de lleure, em produïa una profunda serenor.

—Han obert una fàbrica dins el camp.

La veu m'arribava d'una llitera superior. Guaitava un cap escairat, que somreia i li faltava mitja dentadura. Un dels seus ulls mirava guenyo, l'altre em fitava indagador.

—Em dic Kiefer. ¿I tu?

III

A la fàbrica hi fèiem accessoris per a tancs. A més d'algunes peces per a un model de granades. Quan un treballador sabia l'ofici gaudia de certs privilegis, rarament l'assotaven massa, i rebia bones racions de menjar, amb les quals podia mercadejar, obtenir recomanacions i protecció de la soldadesca. Kiefer i jo treballàvem espatlla contra espatlla en la mateixa cadena de muntatge, estrenyent cargols i ajuntant components, en jornades de dotze hores de treball interminable. Jo gaudia d'allò com d'un alliberament, però; el moviment del meu cos, els altres treballadors al meu costat, vius i mòbils, immersos en l'aire viciat i en aquella llum grisosa, tot em reconfortava. No sentia ni el fred ni la calor, l'estatge al Calabós Negre m'havia convertit en una mena d'autòmat incommovible. Em vaig assabentar, temps després, que havia sobreviscut per una simple aposta; el doctor Hinka havia jugat uns quants marcs amb el cap d'unitat de la SS que encara érem hàbils per al treball, i havia consagrat tots els seus esforços a fer-nos sobreviure. En sortir del calabós jo pesava tan sols trenta-cinc quilos; quan vaig tornar a entrar a la fàbrica fregava els cinquanta. Em vaig veure en un mirall i vaig trigar a reconèixer-me: ja no quedava res de l'antic Walter Stamm. Era només un rostre consumit i de pell blavosa, amb la mirada sense brillantor i el cabell arranat; un cos esquàlid, amb els ossos apuntant esmolats sota la roba ratada. Gairebé em vaig fer por a mi mateix: m'espantava pensar en la meva pròpia aparença, que veia reproduïda amb fidelitat sinistra en tots els altres condemnats.

Pel camp es remorejava que cada cop es necessitava més mà d'obra. El tracte als presoners havia hagut de canviar: tot i així abundaven les pallisses, la pantomima perversa d'entonar cançons durant hores, i els intents de fuga que acabaven a la plaça de recomptes, amb el ball macabre i els cossos penjant. Vaig aprendre a estimar les meves rutines, a fer-me invisible; el més important dins un camp de concentració és semblar que no hi ets, que simplement fas la feina que se t'ha encomanat sense immutar-te. Quan me'n vaig voler adonar, ja feia gairebé un any que durava la meva reclusió. D'una manera incomprensible, m'havia acostumat a l'horror, n'havia fet el meu medi natural i ja ni me'l qüestionava. Menjava i dormia i tenia cura de les meves ferides, venia de sota mà el que podia i ja no ajudava ningú. Un cop cada quinze dies, fins i tot anava al prostíbul.

—M'han dit que portaran un viatge de dones russes —em deia sempre en Kiefer cada cop que sortíem del bordell i anàvem a dormir al nostre barracot. Sobre nosaltres la freda foscor, les estrelles impassibles, el camp com un sortilegi de lladrucs, una ferida de llums sota el cos d'una nit gelada. I ens sentíem vils, bruts, entre les cames ens pesava una freda coentor, encara portàvem sobre la pell el pes vençut d'aquelles dones desarticulades, la majoria d'elles sense gens ni mica d'atractiu, i tan cansades després de rebre mig centenar d'homes que ni es netejaven encabat el servei. En recordo una especialment —ens eren «repartides» a l'atzar, mitjançant un número que coincidia amb cada una de les portes, després de passar cada cop una revisió mèdica—: era molt jove, de pell colrada, estranyament bella, prima i amb uns ulls innocents, verdosos, que em traspassaven l'ànima quan es posaven sobre meu. Intentava, quan qualsevol presoner entrava a la seva estança, rebre'l amb simpatia. Dins l'habitació només hi havia un catre i un bidet sense aixeta, a més d'un bidó ple d'aigua tèbia per netejar-se. Només teníem quinze minuts, i un SS que tal vegada ens espiava rient per una escletxa de la paret mentre bevia i ens deia obscenitats, però ella provava de donar a aquell encontre una rara dolçor, una dignitat misteriosa. Tenia una cicatriu que li rubricava el ventre d'una manera enigmàtica, i era per això que jo, més d'un cop, em vaig conformar simplement admirant la seva nuesa, acariciant, allargat al seu costat en silenci, aquella carn estirada, suau i violàcia. Si aconseguia mantenir relacions amb ella era d'una manera delicada, una incongruent sensació de benestar s'apoderava de mi enmig de la fatalitat; sí, sentia com el seu cos em rebia, per un moment retornava a una plenitud mesquina i tímida. Sentia com em mussitava delicioses cançons a l'orella, em passava la mà per la nuca pelada, i em retornava la sensibilitat, se m'escapaven algunes llàgrimes de gratitud i tendresa.

Un matí, em va arribar l'ordre de presentar-me al portaló. Kiefer també va seguir-me amb la mateixa nota. Ens van cridar dins un petit despatx, on un sergent ens va comunicar que ens havia estat atorgada l'oportunitat d'acabar amb les nostres condemnes.

—¿Accepteu, porcs?

Vam abaixar el cap servilment.

—Signeu aquests papers! Ràpid!

Vam subscriure uns documents on s'afirmava que havíem estat ben tractats, que havíem rebut bona alimentació en unes condicions d'existència conformes amb la nostra condemna.

—¿Desitgeu formular alguna queixa? —va lladrar el sergent.

Vam negar amb terror. L'oficial es va aixecar i ens va girar a l'entorn una bona estona; tremolant, escoltava els seus passos ressonar contra el terra; em va arribar al nas la fetor de carnassa de la seva boca, per un moment vaig témer que allò fos una farsa, que es tragués la pistola i així acabés tot plegat. Va dir:

—¿Cal que us digui que si se us escapa una sola paraula del que heu vist aquí, si se us acut contar a ningú el que fem entre aquestes reixes, si relateu a qualsevol, encara sigui a les vostres tristes mares, com és el lloc d'on heu tingut la refotuda sort de sortir, ens encarregarem que torneu aquí ben aviat, entesos? Jo mateix us posaré la corda al coll després de torturar-vos fins que maleïu el dia en què tinguéreu la desgràcia de treure el cap pel cony de les truges que us pariren! I ara, miserables, sortiu de la meva vista.

Un caporal ens va fer entrar en un vestidor. Allà, tot

estava impol·lut: a les parets rajoles blanques i brillants, i sobre un banc de fusta hi havia tovalloles esponjoses i dos uniformes de l'exèrcit.

—Dutxeu-vos, afaiteu-vos i vestiu-vos. Teniu una hora. A fora, un cotxe us estarà esperant.

Sentia com l'aigua calenta em percudia sobre el cap, regalimava per les espatlles, la sentia córrer per les meves cames magres. Una commovedora sensació de complaença em va recórrer la pell, de cop era com tornar a sentir-se viu, el cos se'm desentumia i una sang feliç, la meva sang encara fogosa, em recorria les venes. Em vaig asseure a terra i vaig deixar caure l'aigua sobre meu, amb la pastilla de sabó m'acariciava la nuca.

Va dir Kiefer:

—Ara som part d'un batalló disciplinari. ¿Has estat mai soldat, Walter? ¿No? Deu haver-hi hagut una confusió, doncs, o és que necessiten homes per la guerra i no saben on anar a buscar-los—. Kiefer s'estava assegut al banc amb l'uniforme posat: s'havia afaitat i ara semblava un malalt, amb aquell cap angulós, encorbat i amb les dents negroses. De la boca n'hi penjava un cigarret arrugat, fumava i em mirava mentre jo seguia sense moure'm, sota l'aigua—. Dins aquest sobre hi ha la paga per l'any que hem treballat en aquest paradís, Walter. Sí, «a cadascú el seu...». A tu, et corresponen dos marcs i trenta-quatre pfennigs.

Em vaig vestir: l'uniforme m'estava gran, em penjava per totes bandes. Però les botes eren noves i còmodes, i els mitjons eren suaus. Em sentia estrany vestit d'aquella manera. Em va envair la premonició que amb allò posat no em podia passar res de bo. Vam pujar al cotxe i vam recórrer durant un parell d'hores carreteres secundàries i camins sense asfaltar. Per fi, ja era de nit, vam arribar a un poble ombriu i ronyós. Tot el que allà hi havia era una llarga filera de cases humils, de sostre baix i parets escrostonades, amb una plaça enmig on es distingien les llums d'unes quantes cantines. Als afores del poble, hi havia el nostre quarter: una construcció allargassada, de maons blancs amb plafons vermells, plena de finestres il·luminades, envoltada per un jardinet raquític. El cotxe va entrar a un pati central empedrat i va parar-se. El xofer ens va ordenar de baixar i presentar-nos al nostre suboficial.

Aquella nit vam sopar el ranxo de la tropa. Als dos ens va semblar deliciós: estofat i patates, llegums bullits i cafè de veritat. Havent sopat, vam poder anar a la cantina, i vam gastar tota la nostra paga en cervesa i tabac. Dins aquell tuguri els soldats s'estaven asseguts al voltant de les petites taules, bevien i reien i jugaven a naips. Sobre l'escenari n'hi havia un que cantava mentre feia anar la pianola. De tant en tant, algú mirava a la nostra taula, la llum de la cantina era vermellosa, tots els rostres estaven tenyits per una hostilitat llòbrega, semblaven tenir por o molt cansament acumulat.

—Ens convé fer amics aviat —va dir Kiefer—. O ho passarem puta.

Ho vam passar malament de totes maneres. Durant dos mesos vam fer instrucció fins a embogir. A les sis del matí sonava la maleïda corneta i ja ens tens a tots atrafegats: en quinze minuts havíem de fer el llit, rentar-nos, vestir-nos i sortir a formar al pati. A sobre havíem de portar tot l'equip d'un soldat d'infanteria: la motxilla, les cartutxeres, el casc d'acer, el fusell i el capot d'hivern cobrint-nos fins a la punta de les botes. I dins la motxilla, de lona i cuir, la fogona portàtil, la cantimplora, la cullera-ganivet, les barnilles i l'estaca de la tenda de campanya, una muda de roba, l'equip per cosir, la maquineta d'afaitar, el sabó i els condons Vulkan Sanez. Passàvem una revisió estricta on comprovaven que no ens faltava res; només després ens servíem l'esmorzar. Tot seguit, començàvem a marxar fins al cim d'una muntanya propera, que havíem batejat com el Puig del Càstig. Havíem de córrer perseguits pels insults del suboficial de torn, enfangats fins als genolls, mullant-nos fins a l'ànima si nevava o plovia. I superar obstacles, passar cordes esteses sobre fangars pestilents, arrossegar-nos sota el filferro espinós, i aprendre a fer servir la baioneta. Ens anaven convertint en màquines de matar. Rebíem bufetades i càstigs de per totes bandes, però ens alimentaven bé i a les nits podíem beure cervesa a la cantina.

Després del camp de concentració, l'exèrcit em va semblar un simple joc. Els soldats s'extenuaven carregant l'equip, però jo i Kiefer havíem tastat la pols de la pedrera, i sabíem que aquella forma de tortura era menor. Però a vegades em despertava de nit, sobresaltat, havia somiat amb el sidecar del Comandant Von Bose; el sentia en somnis circular pel camp, riure i acariciar el cap del seu gos mentre es mirava els cadàvers penjant, bruts d'excrements, del cadafal. O en el llampec lluminós i terrible de les dents de la seva dona; creia a vegades sentir la seva veu i el brunzit del seu fuet tallant l'aire que m'envoltava quan ens enfilàvem pels senderols pedregosos. I els crits greus d'Odell, que m'arribaven encara en el so de la veu de qualsevol suboficial furibund. De nit, dins la caserna, allargat dins la fosca, sota les mantes, tornava a experimentar aquella buidor tensa i lacerant del Calabós Negre, i havia de llevar-me i rentar-me la cara a grans manotades d'aigua freda per tornar en mi i no agafar la pistola per matar-me.

M'adonava que una part de la meva ànima encara no havia sortit del camp de treball, a vegades s'apoderaven de mi sobtats tremolors a les mans, el front se'm cobria d'una suor glaçada, que només calmava disparant la meva arma. Ben aviat vaig començar a excel·lir per la meva punteria. Era capaç de ferir qualsevol blanc a cinc-cents metres. Em posaven una diana, un sac d'arena pintat amb els colors de l'uniforme rus, i li encertava el cor o el cap a qualsevol distància. Em van donar un fusell de precisió, amb el qual se m'autoritzava a fer pràctiques de tir des del Puig del Càstig; mentre els altres seguien marxant per la muntanya, jo disparava als blancs que hi havia disseminats per tota la vall: llaunes sobre les tanques, espantaocells uniformats i alguna ovella morta i putrefacta. Sentia sempre una estranya pau en disparar, apreciava fascinat de quina manera l'arma s'apropiava de mi per escopir ufanosa la seva bala. Acariciava la culata amb voluptuositat, netejava cada una de les seves peces amb cura d'orfebre, abans de carregar-la besava les bales i apuntava compassant el dit del gallet amb la meva respiració d'alienat. Sempre tocava el blanc, i això em donava una misteriosa forma de calma.

—Cinquena companyia! Ferms! Armes a l'espatlla! I en marxa! Un, dos!

I les botes ressonaven en l'empedrat. Sortíem en filera del quarter pel carrer principal del poble, flanquejat d'àlbers, fins a enfilar els camins que vorejaven la muntanya o travessaven la vall. Allà, fèiem l'avançament de les guerrilles; corríem camp a través, ens amagàvem rere els arbres o ens tiràvem dins els clots i les cunetes. Simulàvem el tràfec maligne de la guerra, cavàvem trinxeres amb les nostres curtes pales i ens hi arraulíem a dintre com talps. Encara no havíem recuperat l'alè i ja el suboficial ens esperonejava amb el xiulet, ens insultava a crits i havíem de continuar la marxa.

Molts queien extenuats a terra, incapaços de seguir es posaven a plorar, començaven a desfer-se de l'equip per poder respirar, mentre un oficial se'n reia d'ells i els ordenava que tornessin al quarter, on se'ls recloïa dins el calabós durant uns quants dies a mitja ració sense aigua. Els que aguantaven seguien marxant durant hores, a passos ferms i compassats fins a arribar a un altre poble, a més de trenta quilòmetres, on ens rebien mitja dotzena de vells, de dones apagades i nens espantats. Descansàvem uns minuts i ben aviat ja tornàvem a estar dempeus, retornant al mateix ritme cap al nostre quarter, seguits pel camió des d'on els suboficials ens arengaven.

A vegades, de retorn, mentre formàvem abans del sopar en el pati, davant la nostra caserna, se'ns acostava un comandant o qualsevol oficial d'alta graduació.

—Capità! ¿D'on ha tret tota aquesta caterva de pollosos? Miri'ls, si no serveixen per res. Xusma sense ànima! Cort de pellerofes! ¿On són els vertaders soldats prussians? ¿On la disciplina? ¿On la fermesa? En marxa, voltes pel pati, fins que em convenci que no mereixen anar ara mateix al front com a carn de canó!

I giràvem i giràvem com somnàmbuls, mentre ell s'ho mirava amb plaer i un somriure de bandarra. Molts queien retuts, ja incapaços de posar un peu davant de l'altre, mentre que jo i Kiefer érem dels pocs que resistíem. Els dos ens havíem fet forts. Als meus braços i cames tot era múscul. Prim i endurit, indiferent i mig boig, amb el cervell escanyat per un terror pregon i llòbrec que mai acabava d'abandonar-me, havia acabat per transigir amb el meu propi destí. Temia la mort però d'una manera absurda, astut i corromput em vaig fer fort fins a esdevenir una arma humana, capaç de fer la pitjor vilesa per subsistir. Al mirall, m'hi descobria dos ulls assassins. Ja ni pensava, el terror i una estranya forma d'orgull s'apoderava de mi, i tot el que es movia dins el meu magí eren idees absurdes o homicides.

Moltes nits ens venien a despertar:

—Alarma! Alarma! —cridava l'oficial amb veuassa fatal.

Botàvem de les lliteres, ens enfundàvem els uniformes d'exercici i en menys de dos minuts havíem de sortir a formar. Ai de qui no estigués a la filera, perfectament agençat, el fusell a l'espatlla, als dos minuts de sonar aquell xiulet: rebia bastonades i càstigs, insults i l'obligació de fer exercicis suplementaris fins a esgotar-se.

—Hem d'acabar amb l'enemic bolxevic! —ens sermonejava un oficial cada dia, mentre formàvem al pati—. Hem d'emprendre una croada que farà història. Acabarem d'una vegada amb els comunistes i els jueus! El món s'ha de desfer d'aquesta púrria. Les fronteres del

Reich no poden sofrir aquest tipus d'amenaça. L'hem d'aplacar. Mireu què diu la sivella dels vostres cinturons: «Déu és amb nosaltres». Participareu en una batalla que farà història.

I així durant hores, escoltant aquell lladrucs odiosos, deixant-nos induir un odi terrible contra els russos i els jueus. Acabada l'arenga, continuàvem fent exercicis, curses de velocitat o la neteja del quarter. Kiefer despuntava per la seva rapidesa, sempre era el més prompte en les curses; a més, era capaç de muntar l'arma en un temps tan breu que semblava que les seves mans es movien empeses per un mecanisme d'encanteri. Era lleial, silenciós i calculador, en Kiefer. Home tossut i caut, mai em va dir per què havia anat a parar al camp de concentració. Si jo m'atrevia a demanar-l'hi em mirava impertinent amb els seus ulls descentrats, mentre aixecava les espatlles i m'ensenyava la seva negra dentadura oscada en un somriure maliciós. Segur que no era cap cosa de la qual se sentís especialment satisfet; i és que mai va fer-me cap confidència ni em va parlar del seu passat de civil: jo i ell havíem arribat a un nivell d'avinença tan gran que ens enteníem amb la simple mirada, amb un gest fugaç de les mans o amb una torsió mínima del coll. I rarament parlàvem amb ningú que no fos l'altre.

—Aquesta guerra durarà per sempre —em va dir una nit a la cantina, una de les vetllades en què el vaig sentir parlar més llargament. Sobre l'escenari cantaven a cor tres soldats entorn d'un acordió i la pianola—. Ha arribat un temps de destrucció. Ens farem la guerra els uns als altres fins a despoblar la terra. Després, només quedaran algunes poques tribus pacífiques i tot tornarà a començar. Serà un temps millor, sense armes ni discursos. Perquè la culpa de tot això la tenen els oradors i les pistoles. Les armes ens criden a matar. I els que parlen i parlen i empenyen la gent amb la seva invectiva. Les paraules són com la pólvora, i han encès l'enteniment d'aquest país i ja veus com va tot. Morirem fins que no quedi ningú de nosaltres, pots estar-ne segur. ¿I saps què? Que ni m'importa. Això han aconseguit.

Jo tampoc hauria sabut quins eren els meus motius per viure. Ja ni pensava en Lina, el meu passat se m'afigurava com un somni, un cúmul d'imatges sense sentit, de les quals no en podia deduir res que m'ajudés a sobreviure. La meva vida ara es reduïa a això: a persistir; el que m'ocupava el pensament era només l'instant present o la següent conjuntura a vèncer. La resta del temps me'l passava en blanc, entotsolat dins un túnel interior d'on només em treien les amenaces de perill i les ordres dels oficials, la seva pertorbada fúria.

Vaig dir a Kiefer:

—El pitjor és que a vegades penso que estic aquí per expiar una culpa. Com si tot això fos merescut. Hi ha una tara molt antiga en nosaltres, Kiefer; tot l'error i la bogeria, l'odi i l'extinció, tot això s'ha apropiat de l'home. Estem aquí i morirem perquè és el que som: la mort encarnada. Aquí no hi ha gens de disbarat, no es comet cap error, rere de tot hi endevino a vegades una providència perversa però franca: hi ha un ordre, una justícia, sí, les disposicions de la mort són ara les nostres i les anem descobrint. Tot això és tan natural com ho són els arbres i les tempestes. I està bé: el dolor i la por ens pertanyen, són part de nosaltres com la melsa o el cor... Hi pressento un sentit que se m'escapa.

Un dia ens van fer marxar pel bosc fins a arribar a un poblet despoblat. Vam passar dues setmanes de maniobres, obeint de nit i dia, creuant els boscs de matinada i dormint dins rases que nosaltres mateixos havíem de cavar, superant obstacles i fent exercicis de tir, amb llançaflames i granades, envestint sacs d'arena amb les baionetes. Els oficials ens encomanaven missions: prendre un pujol, rebentar una casa, prendre una trinxera a l'atac. Van ser dues setmanes de martiri furiós. Ens servien el potatge dins unes llaunes oxidades i encara no les havíem buidat i ja ens esperonaven cap a les trinxeres, on es divertien passant-nos els tancs per sobre, enormes tancs Panzer V: era esgarrifós sentir aquelles bèsties d'acer sobre el casc, el crepitar infernal de les seves cadenes passant-nos pel damunt, corrent al seu darrere mentre obrien camins pel bosc tot disparant contra els arbres: a mi m'omplien d'un terror reverencial, me'ls mirava com ídols, marxava al seu costat durant les maniobres. Van morir alguns soldats aquells dies: un vehicle semieruga en va atropellar dos que van caure davant seu. Van estendre una corda sobre una cinglera, que havíem de creuar amb tot l'equip posat i sense que ens caigués res al fons de l'abisme, on s'hi amuntegava la ferralla entre els matolls, a molts metres de fondària. Les mans ens cremaven quan passàvem, tot el nostre pes ens empenyia cap a la mort, feixugament havíem d'avançar cap a l'altra banda, des d'on el suboficial de torn, furiós i malcarat, ens escridassava. Dos soldats no van poder resistirho i es precipitaren: els vaig veure perdre's cap al fons, aturar-se a mig camí de la corda i posar-se a plorar i udolar abans de caure i morir rebentats, enclavats al ferro; no anàvem a cercar més que el seu fusell i el cinturó amb les granades, els cadàvers quedaven allà dins, per a la fam dels voltors. També vaig contemplar com un altre soldat, molt jove, no devia tenir vint anys, moria dessagnat: se li havia disparat la pistola i la bala li havia ferit la cama, esqueixant-li la femoral; es va estendre a terra i va expirar mirant el cel, sense demanar ajuda, emblavint lentament en pocs minuts, la mirada plena de pau, als ulls una quietud sagrada. Kiefer em va contar com un altre soldat treia l'espoleta d'una granada i s'hi abraçava amb amor, la panxa se li va obrir com una flor sobtada, amb un soroll sord, va volar uns quants metres cap enrere i va quedar destrossat, per fi alliberat de la nostra angoixa.

La darrera nit ens deixaren dormir. A l'alba ens van fer marxar fins a un altre poble, on vam agafar un tren militar. No ens deien a on ens portaven, però corria el rumor que anàvem cap al front de Rússia, des de feia uns mesos que arribaven notícies del front, la Wehrmacht havia emprès un atac contra les terres eslaves. A nosaltres, però, tots ens era indiferent; pujàvem i baixàvem de trens i més trens i passàvem la nit dins estacions o magatzems desolats. Deglutíem els que ens donaven i la resta del temps el passàvem en silenci, fumant asseguts a qualsevol racó. Els més animosos bevien i jugaven a cartes, però molts estaven tan excitats que acabaven sempre a bufetades o xisclant, o apostant a veure qui d'ells sobreviuria. De tant en tant, algú provava de cantar per dissoldre els temors, s'aixecaven algunes veus amb càntics patriòtics, però de seguida s'esllanguien, dequeien en la negra extensió de la por. A poc a poc, dia rere dia, estació rere estació, ens apropàvem, després de passar l'antiga frontera, a Brest-Litovsk.

IV

Aquella ciutat era provinciana. Les cases estaven buides, obertes i amb les parets cremades, tots els vidres trencats. Els jardins estaven incendiats, les granades havien caigut pertot i havien regirat la terra. Els arbres de les avingudes estaven tallats, no en quedava ni la més petita de les branques. Enmig dels carrers principals s'obrien rases profundes, es multiplicaven els reixats, els punts de suport de formigó dibuixaven un dispositiu de defensa. Allà s'hi havia lliurat una batalla, tot ja pertanyia al territori alemany. Pels carrerons s'hi amuntegaven els cadàvers dels soldats russos, esperant ser ruixats de benzina. S'allotjaven tres companyies de reserva per tota la ciutat. La tristor surava rere qualsevol cantonada. El silenci, l'abandonament sense altre moviment que el dels soldats formiguejant confusament pertot, reforçava encara més la sensació de mort. Sobre les voreres hi trobava bocins de tela, joguines de nen, espoletes de granades, llibres cremats i sang seca. Entrava a qualsevol casa i tot havia estat saquejat, de les parets només en penjaven algunes fotografies: tot havia cremat a les fogueres. Aquelles cases em produïen una agra tristesa, resseguia en el dibuix de les estances la vida que s'hi havia fet a dins i em commovia pensant en les famílies; aquí, hi havia hagut un dormitori, aquesta era l'habitació del nen, allà la cuina; palpava, recorrent els passadissos i pujant i baixant les escales, la debilitat espantosa que ens sosté.

Dins els estables, hi havia cavalls morts, bona part de la ciutat empestava: un femer pudent de deixalles, un mort aquí i l'altre allà, munts de coses informes a mig cremar, bassals de pixat o de greix ranci. Aquell lloc havia estat pròsper i acollidor, però tot el que hi havia ara era l'espectre de l'assolament. Quan arribava la nit, tot quedava fosc com la gola d'un llop. Eren nits llargues, tutelades per una lluna pàl·lida, emmordassada per núvols de pólvora gris. Un terrabastall llunyà arribava a totes les orelles, el greu ressonar dels canons ens perseguia com l'anunci d'una tempesta de foc. Ens allotjàvem en el soterrani d'un edifici noble. Amb els ulls oberts, sentia sobre mi tenebres nues: «has viscut tots els arguments en contra de la vida», pensava. «Has tastat els seus verins, t'has enfangat en la seva merda més horrorosa. Però continues vivint, imbècil. Ets incapaç d'abandonar la lluita. A pesar de tot continues desitjant, empassant-te aquest aire pútrid i aferrant-te a la vida amb obstinació de rata. ¿Per què? ¿Què et fa viure en els moments de desconsol? El descans, el somni, l'enyor. La premonició d'un canvi i el record del que estimes. El que era bo quan ho vaig viure segueix sent ara preciós, conserva en els moments d'abatiment tota la seva influència. Però ara és impossible desfer-se d'aquesta condemna, Walter. No has de canviar d'opinió en els moments de desgràcia. La vida és bona, ho creies així, i ho has de seguir creient fins i tot ara que pateixes com la més assotada de les bèsties. Els teus dolors són irrisoris. Si no els poguessis patir ja series mort. Però voldries ser prou fort per acabar ara mateix, ara mateix, ara...» I m'adormia somiant la meva mort, ansiejant dormir per sempre en silenci i en pau i ja mai despertar-me.

Ens sobrevolaven els avions de la Luftwaffe. Passaven amb un vol baix i eixordador i anaven a descarregar de bombes sobre el front. Es deia que l'avançament en territori rus era cosa fàcil. Corrien notícies optimistes, les ciutats es rendien, els més ingenus deien que en pocs mesos tot hauria acabat i que tot Rússia seria per nosaltres. Del front, en tornaven soldats eufòrics, contaven que els pobres russos no sabien disparar i que els seus avions ja eren simple ferralla. Portaven presoners, milers d'homes i dones i nens creuaven la ciutat conduïts pel nostre exèrcit i algun Sonderkommando de la SS.

—Els porten al bosc —em va dir Kiefer—. He vist com els fan cavar les seves fosses i els afusellen. Cada dia en maten a mils. Els crits i els trets s'escolten de molt lluny. Són terribles.

D'això, però, cap soldat en feia cas. Per fortuna, no entràvem en combat, i això era tot el que de moment importava. Podíem passejar per la ciutat a totes hores mentre esperàvem ordres de l'Estat Major. Tot el que hi havia per fer era avorrir-se i anar fins als afores, pujar a qualsevol dels monticles que vorejaven la ciutat i intentar veure el front, l'horitzó vermellós d'un crepuscle cosit per les bombes i sentir el avions sobrevolant-nos, brunzents i famèlics, anant a descarregar la seva mort sobre la terra. Vèiem avançar quilòmetres i quilòmetres de carros blindats. Els presoners eren conduïts a milers rere les nostres línies.

—Això és una carnisseria —deia Kiefer—. Els acusen de partisans però són simples civils. Els mataran de gana. He vist com construeixen els camps de presoners. Reixat i res més. Sense barracots ni abrigalls ni una sola manta. I el menjar escasseja...

Ens van ordenar abandonar la ciutat i avançar posicions. Caminàvem tot el dia per camins i carreteres. Arribàvem a un poble, a una granja, i ho trobàvem saquejat: no quedava res útil, tot havia estat regirat i mort, i d'alguns balcons, i de molts arbres, en penjaven cadàvers. Passàvem la nit en alguna barraca i l'endemà partíem. Alguns dies, havíem de preparar el camí per als tancs; havien arribat les primeres pluges i els caminois començaven a estar enfangats, un llot dens i vermellenc, que s'empassava les cames fins als genolls. Tallàvem bedolls dels boscos, escapçàvem les branques i els deixàvem allargats sobre el fang, permetent després el pas dels Panzer. Ens apropàvem a Moscou, deien, quan van arribar les primeres nevades.

Tot va cobrir-se d'una neu puríssima. Arraulit a qualsevol racó, escalfant-me amb el que podia —les cames d'una taula, la porta d'un rebost, el barrastral d'un galliner—, mirava caure aquella neu, lenta i contumaç, brillant de tan neta, guspirejant, clavada en una llum de plata fosa. Veient-la em sentia travessat per una intensa emoció: era una gala lacònica, immensament lleugera, soterrant-ho tot, un mantell blanc que feria la vista, com el rostre impassible d'un gran déu. Vam començar a passar gana, els subministraments trigaven cada dia més a arribar, als tancs se'ls congelaven els motors i l'avançada va quedar estroncada. I així passaven els dies i no passava res: cap ordre nova, sense altre menjar que el que poguéssim aconseguir en el pillatge o la caça, passant fred sota aquella neu immaculada. Anàvem a apropiar-nos del que pogués quedar en alguna granja dels contorns, però sempre la trobàvem ja ocupada. Els soldats cremaven el que podien a la llar de foc, es menjaven la poca teca que quedava mentre els seus legítims propietaris havien estat expulsats: se'ls havia fet fora de casa i s'estaven vagant enmig de la neu, arrossegant trineus, amb el rostre ple de gebre, maleint i plorant, saltant per escalfar-se abans de tirar-se per terra i esperar una mort inapel·lable. Les dones i les nenes eren violades abans de ser degollades: ningú exigia cap explicació. De tant en tant, però, algun d'aquells mugics feia justícia; s'armava amb una aixada i carregava contra algun soldat; una pagesa s'amagava entre la palla i sorgia de cop amb una forca: mataven rabiosos abans de ser crivellats. Si no morien a l'acte llavors se'ls sotmetia a tortures terribles: se'ls obligava a disparar contra les seves pròpies famílies i a morir després penjats del coll o afusellats.

—Aquella aldea ha de ser nostre! —ens va engegar el nostre capità.

Feia una setmana que esperàvem ordres. Habitàvem una barraca sota la neu, menjant el poc que ens quedava: havíem rebentat el terra i hi havíem trobat patates, amagades allí pel seu propietari previsor; després havíem mort un cavall i l'havíem hagut d'esquarterar: guardàvem la seva carn sota una capa de neu dins una espècie de quadra. Érem una dotzena d'homes famèlics, alguns havien perdut els dits a causa del fred; la majoria només pensaven en la deserció, el suïcidi o la mort per fam o criogènia. Ens passàvem el dia sense fer res i sense sortir a fora: temíem la soldadesca enemiga, els sentíem venir com espectres, de sobte, vestits de blanc i muntats sobre els petits ponis cosacs: el seu cavalcar rabiós i cuitat, el sable alçat i a la boca un esgarrifós crit de guerra. Havien fet una mortaldat entre les nostres tropes; es deia que s'estaven rearmant. Eren batallons siberians, més preparats que nosaltres contra les severitats del fred: se sentia el xiuxiueig torbador dels seus esquis sobre la neu, seguit per una descàrrega de fusell, travessant la blancor encegadora. Ofensiva a la qual no podíem respondre, les nostres armes se'ns havien congelat, igual que els dits quan havien de prémer el gallet.

—Necessito deu homes!

El capità del nostre batalló es deia Egmont Kantorek. Era un prussià inconstant i cobdiciós, un tipus alt, magre i de rostre retorçut. El capità Kantorek semblava imaginar que aquella guerra s'havia fet amb la sola finalitat d'enriquir-lo. Es passava els dies regirant tot el que trobava: cada racó de la casa on entràvem, cada cadàver, cada porció de terra que imaginava cavada de poc; assotava els presoners per fer-los confessar on amagaven l'or i els diners, encara que molts d'aquells camperols no posseïen ni una moneda: es deia, però, que tenia amagats cabalosos tresors a les sortides de cada poble que les nostres tropes havien assolat. Quan li arribava a les orelles qualsevol indici de covardia, el més mínim comentari despectiu o una ombra d'objecció a les seves ordres, ell mateix elevava la denúncia als seus superiors, o ho feia arribar als caps del Sonderkommando de la SS. Ens espantava la seva veu ronca, i la seva inconcebible capacitat per sobreviure. No sabíem d'on treia el menjar, però sempre el vèiem mastegar alguna cosa que mai compartia; semblava que no passava fred, tenia sempre l'arma a punt i a la boca una ganyota de voracitat, com la d'un animal de presa que guaita ansiós de la seva llodriguera. Qualsevol hauria dit que havia nascut en temps de conflagració, era difícil imaginar-se'l fent altre cosa que robant, matant o regirant una casa.

—Hem de prendre aquell llogaret!

Es tractava d'un cúmul de cases entorn d'una petita església. Des d'un racó del bosc es distingia el campanar, elevat entre sostres baixos i carregats de neu. Amb els prismàtics s'endevinava el moviment de l'enemic: es veia com una companyia feinejava entre rases. Rere les finestrelles d'una de les cases s'hi distingia un foc, i enmig de la nit era possible arribar a sentir alguns dels seus càntics plens de confiança.

—El lloc és important —avalotava Kantorek—. Des d'allà, segons els plànols militars, es pot arribar a un pont que travessa a l'altra banda del riu. Podríem estalviar més d'un dia de recorregut als nostres tancs.

El mapa de què disposàvem només era un tros de parrac desdibuixat, però tanmateix Kantorek deia que allò que ens assenyalava amb el dit era el nostre objectiu. A mi se m'afigurava qualsevol altra cosa.

—He comptat com a molt dues dotzenes de soldats. Atacarem a l'alba.

El dia s'aixecava sumptuós. De rere uns núvols baixos n'emergia un sol menut, daurat per una gràcil i fugissera nuvolada. Ens apropàvem travessant un petit bosc de bedolls, a petites corredisses fins a poder arraulir-nos rere una roca o un arbre. El capità Kantorek ens anava guiant a gests, a manotades. Quan vam estar reunits en un desnivell, va guaitar amb els prismàtics:

—Només hi ha quatre soldats de guàrdia —va dir—. Sí, ara quatre de vosaltres avançareu fins aquell desnivell de l'esquerra i atacareu al meu senyal, i amb granades, les cases voranes. Vosaltres dos preneu aquell graner i dispareu a discreció a tots els que surtin. Nosaltres cinc avançarem de front i prendrem el poble. No farem presoners. Tindrem misericòrdia.

Però no van sortir els quatre primers cap al seu destí que dos d'ells van caure de seguida. Van sonar dos trets enmig de l'aire quiet i els vam veure caure, a un li va volar el casc, perforat per una bala, i va caure rodó; l'altre va posar-se la mà al coll mentre anava quedant enmig d'un basal de sang, el vèiem dessagnant-se mentre intentava gatejar amb els colzes fins a refugiar-se rere el company mort. Els altres dos es van ajupir al fons del desnivell, mentrestant tot el poblat es mobilitzava.

—Merda! Ens han descobert! Retirada!

—No podem deixar-los! —va dir Kiefer pensant en aquells dos infeliços—. Ben aviat sabran que són allà.

—Això és la guerra! Tornem a les posicions d'inici.

—M'hi nego! —va dir Kiefer.

—¿Vols anar al consell de guerra, desgraciat? Partim!

Kantorek va girar cua i va començar a marxar, però Kiefer es va treure la pistola del cinturó i li va disparar, un brollador de sang sobtada li va sorgir del crani i va caure de costat, a la cara un ganyot garratibat. Va dir Kiefer:

—Qui vulgui partir que ho faci ara. Jo i Walter ens quedem a salvar aquells dos desventurats.

Dos van partir i els altres dos es quedaren amb nosaltres.

—Vosaltres, doneu la volta i dispareu des de l'altra banda del bosc. A tort i a dret, vull granades contra l'entrada del poble.

Van marxar corrent cap a la ubicació indicada.

—Allà dalt hi ha un franctirador —va dir Kiefer.

Vaig agafar els prismàtics i vaig mirar cap al campanar. No hi veia res. Si hi era, estava immers dins la fosca.

—No el veig —vaig dir—. No li puc disparar.

Els soldats russos havien pres posicions. El foc dels nostres dos homes els arribava des d'un cantó del bosc i ara disparaven cap allà, estarien ocupats durant una bona estona. Una granada va volar des del bosc i va caure rere les seves línies.

—Apunta cap allà, Walter. Jo vaig a buscar aquells dos nois, ¿entesos? No fallis, quan em dispari delatarà la seva situació. Quan em diguis parteixo.

Vaig mirar pel punt de mira cap a la torre. Els primers trets només podien haver sortit des de la part esquerra. Vaig agafar alè i abans de donar l'ordre vaig escoltar durant uns segons tot el que em circumdava: vaig sentir l'esclafit de les granades a l'entrada del poblat i els crits i l'agitació excitada de l'enemic: per un moment tot va semblar que es parava, les bales cap al bosc i des del bosc cap a les cases, el cel sobre tot, immens i pesat, el fred a la cara i les branques dels arbres brumint, desdenyoses i com burlant-se de la nostra lluita. Vaig quedar-me parat, com buit per una exasperació defallida.

—Walter! Walter!

—Ara! —vaig cridar.

I Kiefer va sortir rabent cap al desnivell. De seguida el franctirador el va veure i li va disparar, però jo ja el tenia dins el meu punt de mira. El va delatar el seu propi tret, vaig prémer el gallet, compassant-lo amb el meu alè, i el vaig abatre: vaig veure com el seu fusell es precipitava des del campanar cap a terra. En Kiefer havia arribat il·lès a l'objectiu. Però els que ens cobrien des del bosc ja havien estat abatuts. Regnava un silenci sinistre.

Al poblat, els russos es refeien després de l'atac. Amb els prismàtics podia seguir les seves maniobres: entraven i sortien de les cases, s'armaven i organitzaven esquadrons de reconeixement. En Kiefer i els altres dos soldats s'estaven de genolls, abraçats a les seves armes. Aviat els descobririen. De mi depenia la seva salvació. Dos soldats russos començaven a acostar-s'hi; anaven amb el capot blanc reglamentari i gorres de pell de marta, portaven raquetes als peus per no enfonsar-se a la neu i les armes a punt de disparar. Avançaven pesats i cuitosos.

Vaig apuntar a un d'ells i el vaig tombar. L'altre de seguida es va tirar a terra. Del poblat en començaren a sortir homes cap al bosc. Kiefer va llançar una granada per sobre del seu amagatall i va córrer cap a mi, seguit pels dos companys. La granada va matar el soldat encollit en la neu.

—A hores d'ara ja ens estan encerclant —va dir Kiefer, allargat vora meu. Recuperava l'alè i mirava cap enlaire amb la llengua fora. Els altres dos homes ens miraven espantats. De les seves boques en sorgia un baf espès i blavós, dels ulls se'n vessava una por pregona.

Tot el bosc estava nevat. Els arbres eren pilars elevant-se enmig del blanc, confonent, amb la seva sòbria semblança, qualsevol idea d'un camí salvador. Havíem de partir de seguida d'allà, córrer cap a les nostres línies i posar-nos a cobert de l'atac que es preparava. Vam començar a sentir trets, la freda hostilitat que ens envoltava s'anava estrenyent al nostre entorn.

—Seguiu-me —va dir Kiefer.

I ens vam posar rere seu. Avançàvem en silenci, lentament, mirant amb nerviosa tensió a totes bandes, arrossegant els peus que s'enfonsaven dins la neu, el fusell a punt i els ulls coent-nos com calius, el fred ferint-nos el rostre.

—A l'esquerra —va xiuxiuejar algú. Per allà avançava un soldat enemic, rastrejava les nostres petges, encara no ens havia advertit.

—Dispara-li —em va ordenar Kiefer. Quan em vaig posar el fusell a l'espatlla es va girar cap a nosaltres i ens va veure, però no va tenir temps de defensar-se; la meva bala li va entrar per una galta i va caure de genolls enmig d'un soroll tou. Encara no havia abaixat l'arma que vaig sentir un tret a la meva esquena; un dels dos companys va caure a terra amb una bala a l'abdomen.

Vam mirar a totes bandes però no vèiem ningú. Apuntàvem cap als arbres i ens giràvem espasmòdics; ens envoltava la mateixa calma blanca, els troncs impertèrrits dels arbres i cap presència a la vista.

—El tret ha vingut de la dreta. Correu rere els arbres! —vaig dir, i cada un de nosaltres va precipitar-se a buscar un amagatall. Mentre ens apressàvem va sonar un tret i va caure l'altre soldat; la bala se li havia clavat a un genoll i s'estava assegut a terra, cridant i estrenyent-se l'hemorràgia. Kiefer volia sortir i arrossegar-lo a cobert, però ben aviat aquell va rebre una altra bala, aquesta vegada fatal, a l'esquena.

Els dos estàvem aterrits. No sabíem quants eren ni des d'on ens disparaven. El bosc era un colossal globus de silenci, neu immòbil i mort imminent. No m'atrevia ni a alenar, el baf sorgint rere el tronc podia delatar-me. Mirava cap al cel esperant el tret definitiu; la volta celeste era infinitament blava i distant, només trencada pel dibuix espantós de les branques pelades. A la meva dreta Kiefer s'estava rere el seu arbre, guaitant a banda i banda, convuls, amb els ulls esparverats.

—Allà, mira, allà —vaig sentir que em deia, assenyalant amb el polze la seva esquena. Ajupit contra el terra, vaig treure de la meva motxilla el tros de mirall amb què m'afaitava i vaig dirigir-lo en la direcció que m'indicava. Sí, a la superfície s'hi endevinava una lleu elevació, hi guaitava el canó desafiant d'un fusell; un soldat rus s'estava tirat, cobert amb un capot blanc, esperant veure'ns treure el nas per disparar-nos.

—Llança-li una granada —em va dir Kiefer—, tu hi estàs més a prop.

Les mans em tremolaven. Vaig agafar el projectil i amb les dents vaig estirar l'espoleta. No podia fallar. Em vaig tombar sobre la meva esquena i vaig llançar-li la granada; però quan encara no havia esclatat ni jo havia tingut temps de tornar a redreçar-me rere el tronc em va arribar a les orelles un crit esborronador.

Abans de tapar-me la cara instintivament el vaig veure: un genet vestit de blanc, el capot desfet i agitant-se com les ales d'una òliba, venia cap a nosaltres amb una pistola a cada mà, i ens disparava a en Kiefer i a mi mentre esperonava un petit poni, que trotava rabiós cap a nosaltres. Tenia el rostre encès, d'un color de carn crua, i cridava com un boig. Abans del gran esclat que vaig sentir vaig posar-me a xisclar. Estava segur que havia vist la mort de cara.

—Va anem, puja!

Tenia el genet mort entre les meves cames, amb el rostre enfonsat a la neu. Kiefer l'havia abatut, li havia pres el capot i se l'havia tirat sobre l'esquena. La meva granada també havia fet el seu treball; vaig distingir rere meu un garbuix de sang i neu i terra remoguda. Era incapaç d'aixecar-me, em sentia absolutament exànime, em vaig adonar amb llàstima que m'havia pixat als pantalons. En Kiefer havia pujat al poni i l'aguantava decidit per les regnes. «Puja», em cridava, «aviat seran aquí, puja!». Em vaig abraçar al tronc de l'arbre i vaig posar-me dempeus, amb un gest fatigós i titubejant vaig asseure'm a la cavalcadura. En Kiefer va esperonar el cavallet i vam partir trotant enmig de la maligna blancor del bosc. Dues vegades vaig sentir com disparava als soldats enemics que ens sortien al pas; jo m'abraçava al·lucinat a la seva cintura.

El següent que recordo és una carretera deserta. Avançàvem a peu, al poni li havia esclatat el cor per la fatiga. Vam seguir caminant fins que de sobte vam sentir soroll de tancs. Ens vam tirar a la cuneta fins que vam veure que eren dels nostres. Un enfilall enorme de carros de combat avançava posicions cap a l'interior. Els soldats caminaven als seus costats, morts de fred, amb les cares gelades, insomnes i mal alimentats, mentre els comandants anaven drets en les torretes dels vehicles, amb el braç alçat i conduint l'envestida. Eren milers i milers de soldats d'infanteria desesperançats, sí, i les erugues i els batallons de cavalleria, i tot marxava lentament, travessant l'exasperació i la grandiositat de l'hivern. Els Junkers 52, iracunds i rasants, ens passaven per sobre.

Vam donar notícies a un oficial i ens vam incorporar a la marxa. Encara ens quedava molta guerra per lliurar. Algunes hores després vam arribar al llogaret on havíem combatut aquell matí. Però quan hi vam entrar nosaltres, enquadrats dins un nou batalló de fusellers, tot ja havia estat devastat; els tancs havien esmicolat totes les cases, munts de cendres fumoses s'elevaven arreu, s'havien fet tres presoners i se'ls interrogava. Sobre els fonaments només quedava l'església. Jo i en Kiefer vam passar allí la nit, als peus d'una imatge de Sant Joan decapitat. Una capa negra queia de les espatlles del seu cos magre i repulsiu, encabit dins una capelleta blava. Em vaig abraçar a Kiefer, tot mirant el quadre, i li vaig donar les gràcies per haver-me salvat.

V

—Tot això existeix perquè la mort ens estalona —va dir Porzio alçant l'ampolla—. Vivim sempre perseguits per la mort, des que naixem fins al dia de la nostra partença. Tot el que fem la pressuposa. Però no sabem què maquinar per distreure aquesta caça, la captura que la mort finalment ens donarà. I és per això que somiem amb la glòria, el poder i la fortuna... Dèbils evasives, ai, amb què creiem que la podrem distreure i escapar dels seus dits despietats. La vida conté la mort, això és inevitable, morirem un dia o un altre tots els que estem aquí, els que encara han de néixer i cada un dels homes i dones que trepitgen aquest món desbaratat. Però n'hi ha que no saben assumir-ho, que no ho accepten. I són els que inicien les guerres. Tot per rebel·lar-se contra la pròpia mort, és a dir, contra l'ordre ineludible de la vida. La guerra és odi a la vida tal com és, a la seva ridícula simplicitat. Crec que tota la glòria, la fortuna, la felicitat, el millor que un home pot desitjar prové de comprendre unes poques veritats: que ell és el que és, i que ha de dedicar-se a comprendre's i estimar-se, acceptant els seus límits i debilitats i imperfeccions. Brindem perquè la vida és fràgil i efímera i només és la vida, un dèbil present que tenim en dipòsit i que haurem de tornar a la terra extenuats. I és així com s'ha de viure, consagrant-se a palpar, amb amor i agraïda sorpresa, aquesta fugacitat desmemoriada.

Porzio era part d'un batalló de sapadors italians i havia estat seminarista. A pesar del que deia quan havia begut una mica —dels saqueigs sempre en tornava algú amb aiguardent de patata, un garrafó que volava de mà en mà—, semblava que s'ho passava prou bé en aquella guerra. Contava les seves passades aventures amb detall torbador:

—L'Exèrcit Roig castiga els seus soldats si s'entreguen o es rendeixen —ens narrava—. Si algun d'aquests desventurats que han caigut presoners de les nostres tropes té la sort d'escapar i de tornar a les seves línies, us puc ben assegurar que l'ha cagada de veres. Li faran un consell de guerra per traïdor i l'afusellaran, o l'enviaran a cavar camps de mines amb un filferro i una pala sense mànec, fins que rebenti. Stalin signa en persona aquestes ordres; les vaig llegir jo mateix en un butlletí que corria pel front del Mar Negre. Allà, la resistència ha estat ferotge. Els soldats es feien els morts i quan els passaves a la vora s'aixecaven i et disparaven a boca de canó. Una estossinada brutal. Se sabien aniquilats abans de sorgir de les trinxeres. A vegades se'ls ordena atacar de dos en dos. Només un d'ells va armat amb un fusell mentre que l'altre li corre a darrere i espera que caigui per agafar-li l'arma i continuar. M'he fet un fart de matar homes. Pobres camperols, la majoria homes illetrats que després d'una mica d'instrucció se'ls posa un fusell a les mans i se'ls envia a defensar una posició perduda.

Vam estar enclavats en aquella província fins que l'hivern va donar pas a una primavera de pols i de calor. Durant el fred no ens podíem moure, la gelada anquilosava el motor dels tancs i per arrancar-los els havíem de calar foc a sota. Ens passaven per sobre els nostres avions de reconeixement Focke-Wulf, que buscaven els emplaçaments de l'enemic i intentaven assenyalar-nos la millor zona d'avantguarda. Els subministraments ens arribaven per aire, deixaven caure enormes saques amb queviures cada parell de dies i les havíem d'anar a rescatar enmig del bosc, arriscant-nos a algun atac per sorpresa. Vam passar gana i vam passar fred. Des d'Alemanya ens va arribar molta roba dels civils: paquets amb abrics, tot tipus de draperia vella recollida en col·lectes públiques, penyores a vegades inútils, tot perquè no ens devastessin les temperatures baixes. Entre els parracs i la indumentària arnada a vegades hi trobàvem roba interior de dona. L'aixovar d'una núvia que esperava casar-se amb un jove que mai tornaria del front. Vaig veure un soldat, un italià amic d'en Porzio, que clavava uns sostenidors i unes calces a la baioneta, i que dempeus sobre una roca entonava per a nosaltres una entendridora cançó.

—J'ai perdu mon Euridice, rien n'égale mon malheur. Sort cruel, quelle riqueur. Rien n'égale mon malheur, je succombe à ma douleur.

Tinc aquest moment gravat, a foc viu, dins la memòria. La silueta d'aquell jovençà contra un cel luminescent, ell rodó dins un abric esqueixat i farcit de pedaços, amb unes estrelles enormes penjant sobre el campament desolat, centenars de carpes i tendes de campanya unides per senderols lletosos en la nit clara, sota aquells estels radiants, algun precipitant-se en el buit, envoltats per un halo d'aire irisat, disposats entorn d'una lluna agrisada i humida. L'italià cantava i de la seva boca en sorgia una boira espessa, blanca, que s'elevava i es dissolia enmig de l'amarga buidor de la nit. El miràvem commocionats, embolicats amb capes i capes de roba, amb els ulls inundats de llàgrimes i els llavis tallats i tremolosos. Kiefer em deia:

—Aquest infeliç podria callar-se.

Un graciós, passava carregant un munt de branquillons i dient en veu alta:

—El pitjor de Rússia és que a les nits refresca, ¿eh que sí, nois? Visca el Führer, ell que dorm calent deu saber el que es fa. Perquè jo...

A Kiefer i a mi ens tocaven dues hores de guàrdia. Sense possibilitats de fer foc ens havíem d'estar caminant a banda i banda d'un camí, escanyats per la gelor i la inquietud que en qualsevol moment l'enemic pogués acostar-se.

—El sant i senya! —cridàvem espantats davant qualsevol soroll. Però tot el que hi havia era la buidor blanquinosa del paviment, i les remors inquietants de la matinada acostant-se a passos glacials i enverinats.

A vegades, vèiem venir de lluny una silueta, un caminant impertorbable que se'ns apropava de cara. I era inútil intentar aturar-lo; en va li exigíem a crits el mot de pas, però ell seguia sense parar-se, dirigint-se impàvid al nostre campament. Havíem sentit contar de quina manera alguns dels soldats de guàrdia havien disparat, tal com manaven les ordres, contra els seus propis companys que enmig de la nit s'havien negat a identificar-se.

—El sant i senya, soldat! —bramava Kiefer, aterrit, tement que fos un rus a punt d'obrir foc contra nosaltres. La silueta avançava contra el cel clar, irreal i rabent. Kiefer estava a punt d'abatre'l d'un tret, però jo li vaig posar la mà sobre el canó del fusell i l'hi vaig aixecar. L'home de seguida va arribar a la nostra posició. De prop, immers dins la clara penombra, vam veure que era un dels nostres; el rostre encartonat pel fred i els ulls petrificats, glaucs, envoltats d'una pell grisa i d'unes celles hirsutes.

—¿Per què no m'heu disparat? ¿És que no coneixeu les ordres? —la veu li sorgia des d'un enuig exasperat—. ¿Era tan difícil, això? —i tot increpant-nos es va posar la mà a la cintura, amb les mans sobresaltades es va treure la pistola de la funda i se la va col·locar sota la barbeta. Va intentar prémer el gallet però se li havia encallat, va deixar caure l'arma a terra i li va etzibar una puntada de peu tan forta que es va perdre dins la cuneta—. Merda! No podem ni matar-nos! —va dir mig rient—. Ni fer que ens matin! Merda de guerra. Merda de món. Merda per Stalin i per Hitler!

I va seguir caminant fins a les tendes.

Els suïcidis eren tan comuns com les desercions. Es deia, però, que els que intentaven fugir queien en mans de l'enemic si provaven de sortir de la zona, i que, si es canviaven de bàndol, eren torturats sense pietat pels bolxevics per extreure'n informació, sobretot si eren oficials; a aquests, a més, després se'ls afusellava. En Porzio contava que havia trobat esquarterat el cadàver d'un pilot que havien abatut sobre les planures del sud, al pobre xicot li havien trossejat les cames de viu en viu i li havien fet menjar-se els testicles. L'havien penjat cap per avall enmig d'un bosc, on l'havia trobat, mig espicossat pels corbs, una patrulla de reconeixement.

El quarter general dels nostres oficials es trobava a mig quilòmetre del campament. Era una munió de cases baixes, on els oficials s'estaven tot el dia asseguts vora el foc, menjant i jugant a cartes i esperant ordres de Berlín. Dins una establada hi tenien més d'una vintena de dones russes, joves pageses revingudes i mortes de fam, a qui se'ls oferia la possibilitat de viure si es lliuraven a fer de prostitutes. Si s'hi negaven se'ls acusava sempre de «partisanes» i se les enviava a «la gàbia», al tancat de filferro enmig de la neu que hi havia a alguns quilòmetres del nostre bivac.

Des d'allà deixàvem passar els dies esperant que es fongués la nevada i s'obrissin els camins, mentre es reforçaven les tropes per seguir la conquesta. A pesar de l'abatiment i la gelada seguíem fent instrucció, encara que ni els oficials tenien ànims per a donar-nos ordres. N'hi havia que es passaven tot el dia escrivint cartes, mentint a les seves famílies sobre les nostres desgràcies; n'hi havia que patien tant de dolor a les mans i als peus que s'amputaven ells mateixos els dits congelats; n'hi havia que es passaven tot el dia donant voltes pel campament, vagant a la recerca d'alguna cosa per portar-se a la boca. Però tot el que hi havia per fer era esperar, arraulir-se dins la tenda de campanya o buscar un racó al sol i deixar-se viure, menjar el que es pogués pillar que completés el ranxo i intentar no pensar en la mort que ens esperava, o en la vida que havíem viscut abans de ser només desferres uniformades i gastades per la por.

—Ataquen el quarter general! —el crit va esverar tot el campament. Jo m'estava recolzat contra una roca, embolicat amb un capotot ratat i netejant la meva arma, mentre en Kiefer intentava lligar-se un cigarret d'arrels. Ens vam mobilitzar i la nostra companyia va sortir a la defensa. Corrent ens apropàrem al poblat: de lluny ja es veia la corrua de T-34 russos, disparant a tort i a dret contra les cases on es refugiava el nostre general.

Sebastian Kroge era el nom d'aquell home musculós i baladrer, un tipus que durant aquelles setmanes d'espera havíem hagut d'aguantar mentre ens sermonejava: es passava llargues hores repetint el mateix discurs, exhortant-nos a ser valents, insultant els desertors i els suïcides i animant-nos amb càntics a resistir els embats de les forces «dels jueus i els comunistes salvatges». Cada cop que parlava del Führer els ulls se li humitejaven i li tremolava la veu, alçava la seva mà d'acer —havia perdut aquella extremitat durant la Gran Guerra, l'any 1916, a la batalla del Somme— i repetia fragments sencers de les diatribes més cèlebres del Cap mentre s'acariciava el pit, on lluïa la Creu de Ferro que Hitler li havia atorgat per les seves escaramusses al front oriental. Els soldats el maleíem perquè sabíem que portaria a la mort tots els regiments que calguessin per una altra medalla. Per això quan vam veure de quina manera sortien de les cases els oficials, encara a mig vestir, i morien destrossats mentre intentaven disparar als carros blindats, a tots ens va envair una glopada d'agra i mesquina complaença.

Però el comandant ens va ordenar de carregar contra els carros de combat. Vam començar a córrer cap a ells mentre els regàvem de granades, des de darrere anaven caient els projectils dels nostres canons antiaeris de 8 mil·límetres, omplint-ho tot de metralla i de fum. El terreny s'obria a totes bandes, la terra bullia, tremolava i rebentava, com empesa per tots els volcans de l'infern. Jo i en Kiefer intentàvem sobretot que no ens destrossessin les nostres pròpies bombes, i ens apropàvem al poblat per intentar cobrir l'escapada dels oficials atrapats. Alguns valents, s'acostaven als tancs i hi aferraven bombes magnètiques.

Del graner, entre el daltabaix estrepitós de l'atac i la defensa, ens arribaven els crits forassenyats de les dones. Des d'un parapet se'ns dirigien els trets de dues metralladores, disparant contra l'avançada de la nostra companyia. Allargats al nostre redós els vèiem caure, sacsats per les bales, ferits per la metralla o esventrats per les bombes. Era un panorama tremebund.

—No podem fer res per rescatar les dones! —es lamentava Kiefer. Provava de treure el cap de la posició, els dos ens sentíem indefensos; des d'altres indrets, el nostre batalló disparava i envoltava el centre d'atac. Els T-34 feien foc contra els terraplens causant una gran mortaldat. Ja havien netejat tot el poble, almenys ja no es distingia resistència interior.

—Mira! —va dir Kiefer.

I vaig veure com un soldat rus s'emportava el general Kroge agafat de la nuca. Aquest anava amb els tirants dels pantalons caiguts sobre les cames, una samarreta blanca li cobria el pit, encara que al cap portava la gorra de plat i sobre l'espatlla la guerrera desfeta, eriçada de medalles. El soldat li apuntava el cap amb una pistola i se l'emportava a empentes dins el tanc.

—Dispara, Walter! Dispara i allibera el general —em va cridar Kiefer.

Em vaig clavar el fusell a l'espatlla i vaig apuntar. Sense pensar vaig prémer el gallet i vaig veure el soldat caure des de la torreta, precipitant-se al terra desarticulat: la sang que li va brollar de la nuca va esquitxar la cara espaordida del general Kroge. Quedaven alguns T-34, però els nostres blindats de seguida els van fer esclatar, un tret directe a boca de canó els feia volar la torreta pels aires: l'olor de carn humana cremada que sorgia de dins empudegava tot l'entorn, i arribava mesclada amb la pudor de pólvora i pols fins al nostre refugi.

Quan tot va estar més tranquil, jo i Kiefer vam tornar al campament. No vam voler veure com els soldats de la nostra companyia es precipitaren sobre les dones del graner, espantades i confoses, alliberades ara dels que havien estat els nostres oficials corrien perseguides per les rialles lascives de la soldadesca.

Aquella nit ens van fer formar. El general Kroge volia saber qui havia disparat al seu raptor, el volia ascendir i condecorar-lo. Es passejava ben mudat, una mica begut i supervisant la tropa. Se'l veia cofoi, orgullós de nosaltres, fent escuma per les comissures dels llavis mentre parlava a udols.

—En total hem perdut trenta-tres homes en aquesta escaramussa. Dotze oficials i vint-i-un soldats han donat avui la seva vida pel Reich. Per sort, cap dels seus maleïts tancs ha aconseguit escapar: hem interrogat un presoner, un d'aquells conductors, i ens ha dit que la seva missió consistia a fer-se amb un oficial per interrogar-lo i saber quins són els nostres plans. Han estat a punt de segrestar-me. Algú de vosaltres, o dels soldats morts, m'ha salvat la vida, avui. ¿Qui pot dir-me'n alguna cosa?

Ni jo ni en Kiefer vam obrir la boca. Kroge va decidir donar la medalla a títol pòstum a un soldat, el cadàver del qual havien trobat molt a prop des d'on jo havia disparat.

—Un exemple per a tots vosaltres! —cridava el general—. Un heroi!

Havíem vist enterrar tots els cadàvers del nostre bàndol. En una clariana del bosc un regiment havia obert un fossat i els hi havia tirat a dintre, ni tan sols embolicats amb les seves mantes. Un munt informe de cossos i membres ensangonats, sepultats a paletades entre presses i maledíccions: això era tot a hores d'ara. La mort era aquella visió. Jo no volia cap medalla. Odiava aquella guerra i en el que m'havia convertit: persistia tan sols per veure fins a on podia arribar la vergonya i l'abjecció, em fascinava la capacitat humana per sobreviure. De sobte, va començar a fer calor.

La neu es va tornar a fondre i vam reprendre la marxa cap als objectius del front. Anàvem pels camins enfangats durant hores, escortant els tancs i precedits per les motos i els camions. Aquella maleïda terra ens anava matant: un fred espantós havia precedit aquella calor seca, que ens obligava a caminar sense camisa i morintnos de set. Ja no teníem força ni pels càntics. Els russos havien cegat els pous durant la seva retirada, preveient que nosaltres passaríem per allà. Quan trobàvem alguna cisterna que semblava en condicions, però, en bevíem amb desconfiança; l'enemic les havia omplert de carronya, i pocs dies després començaren a caure soldats presos per la disenteria, el tifus i la febre. Les ambulàncies no donaven de si, es va muntar un hospital de campanya on cap dels soldats sans s'hi acostava: la pudor de merda i les mosques feien d'aquell envelat, que no respectaven els bombardeigs enemics, un reclòs repugnant i perillós. Allò era una salvatjada. Vam veure un noi que se sabia condemnat i que sofria un martiri de dolor des de feia tres setmanes; aquell noi va baixar del llit, va encaminar-se de genollons fins a un soldat que dormia i li va prendre l'arma: va apuntar-se a la templa i va prémer el gallet. Els altres ferits s'agitaven en els llits per impedir-ho, però no va haver-hi remei.

Durant setmanes tot el que vam trobar van ser granges incendiades, camps assolats; els cosacs havien ruixat de petroli les reserves de gra que no havien pogut emportar-se rere les línies.

Les nostres tropes d'avançada intentaven fer-se amb el pas del riu Don. Allà, a la rereguarda, esperàvem que els sapadors establissin els pontons per a poder passar a l'altra banda. En aquella regió hi havia poblets sencers que no havien estat desallotjats, llogarets minúsculs farcits de camperols pacífics i riallers, absents del tràfec de la guerra i de les seves desgràcies. Els nostres soldats els saquejaven, famèlics, però ells s'ho miraven amb resignació. De la mà d'una dona vella, jo i en Kiefer vam rebre ous, llet, mel i cogombres i un llit de fenc en un graner. Veient aquella gent senzilla, els homes fumant sempre en pipa i els nens encuriosits i enfilant-se a les motos i als tancs, ens adonàvem de com n'estava de fora de lloc aquella guerra, la distància que separava els nostres interessos de destrucció i conquesta dels seus, camperols senzills agermanats amb els cicles de la terra, conformes amb un destí, adaptats a una contrada del món. Feia mesos que no menjàvem tant, que no descansàvem en un llit tou i acollidor, volent-nos oblidar del que ens envoltava.

Ens arribaven notícies de les lluites del front. Els soldats tornaven ferits i els morts pujaven cada dia a milers. La Luftwaffe bombardejava la riba russa del Don, els nostres Messerschmitt 109 defensaven els nostres campaments i posicions dels atacs dels russos, els avions dels quals vèiem caure enmig d'una estela fantàstica de fum i de vapor. Part de la feina del nostre regiment consistia a apropar-se fins a les naus abatudes i comprovar que el pilot no s'hagués llançat en paracaigudes. Si no trobàvem el cadàver, les ordres deien que havíem de rastrejar la zona fins a capturar-lo; la majoria de les vegades descobríem dins la cabina un cos destrossat, o carbonitzat si l'avió s'havia incendiat en tocar terra, però en una ocasió no vam trobar-hi ningú. Kiefer va dividir la patrulla i vam començar a buscar-lo pels voltants de l'aparell.

El vam trobar amagat entre les runes d'un casalot. S'havia arrossegat fins allà i estava defallit i amb una cama desencaixada, un os se li havia trencat en una ferida oberta i li havia traspassat la roba, tota bruta de sang i terra, amb la blanca estella de l'os sorgint i deixant-li el membre en un posat aparatós. En Kiefer se li va acostar per disparar-li al cap.

—És el millor que podem fer, Walter —va dir davant el meu gest d'horror—. La millor manera de salvar aquest home és matar-lo d'un tret ara que ha perdut el sentit. Si el troben els altres se l'emportaran davant els oficials i el torturaran per interrogar-lo. Tinguem clemència i acabem amb ell.

—¿I si l'amaguem? —vaig demanar jo—. No hi ha cap necessitat de matar-lo, no ho facis, la providència ens ho agrairà.

Tot just en el moment en què Kiefer es treia la pistola del cinturó, l'altre va deixondir-se.

—No! —va cridar tapant-se la cara amb mà, endevinant les nostres intencions. Parlava el nostre idioma, ens mirava tremolós i amb la cara suosa, l'espant li feia tremolar les barres i agitar les mans—. No dispareu, no em mateu, si us plau, no em mateu! —plorava i es tapava la cara amb els braços, convuls i aterrit—. Deixeu-me viure, si us plau, deixeu-me viure!

En Kiefer i jo ens vam mirar de fit a fit. Cap dels dos podia assassinar aquell home que, pel que es deduïa del seu uniforme esparracat, tenia el grau de major. Vam agafar-lo per les espatlles però cridava com un posseït, el dolor no el deixava moure's i va tornar a perdre el coneixement. Vam replegar el seu paracaigudes per no delatar-lo i vam tapar-lo de mala manera.

—Anem —va dir Kiefer—, intentarem venir més tard i ajudar-lo.

Vam reunir la patrulla i vam tornar al campament. Tothom començava a abandonar aquella posició, els sapadors havien establert un cap de pont sobre el Don, ara ja definitivament en poder nostre, i les companyies d'infanteria començaven a passar a l'altra banda amb els bots pneumàtics.

—Això ja és nostre! —deien els soldats que avançaven disposats a passar a l'altra riba—. Només ens queda Stalingrad! Dividirem el país en dos i serem els amos del seu petroli! El país és nostre. Anem!

Nosaltres ens vam ressagar tot el que vam poder i, quan es va fer de nit, vam tornar a l'amagatall del paracaigudista. Ens hi acostàvem amb aigua i vitualles quan vam veure que, en una clariana del bosc, hi havia un avió enemic, on dos soldats pujaven el major ferit sobre d'una llitera. Ens vam intentar amagar però ens van veure, van donar l'alarma i van començar a disparar-nos. Vam córrer i ens perdérem dins el bosc, ens vam ajupir rere un munt de roques i vam estar allà un parell d'hores, en silenci, escoltant tots el batecs de la nit. Vam sentir com l'avió rus partia però no ens en vam refiar fins que l'alba va il·luminar-nos el camí de tornada.

—Hem estat a punt de morir! —cridava Kiefer—. I tot per la nostra ximpleria! Aquí no hi ha altra llei que intentar salvar-se costi el que costi. Ens haurien mort sense manies!

Vam arribar a la vorera del riu algunes hores després i els sapadors ja hi havien situat un pontó, sobre el qual passaven els tancs, els canons d'assalt, els camions, la cavalleria i les motocicletes. El soroll i l'eufòria eren demencials, anaven passant les tropes en els bots i els nostres avions ens defensaven en vol rasant, eixordant-nos i esperonant la cridòria. Tots xisclàvem i cantàvem, embriagats pel moment, suats i frissosos d'arribar a l'altra banda. Semblava que no trobaríem oposició.

—Visca el VI exèrcit! —cridaven des dels bots—. Visca el Führer! —Els soldats estaven contents, qualsevol hauria dit que Rússia s'havia rendit i que acabava la guerra. Molts eren només joves soldats d'acadèmia, acabats d'arribar, dels que no havien passat l'hivern al front i no sabien a quin tipus de rival ens enfrontàvem. Companyies senceres d'infanteria creuaven animoses a l'altra banda, desitjoses d'entrar en combat:

—Ben aviat Stalingrad serà nostre!

Vam estar dues hores a creuar. El riu Don era ample i fastuós, una serp d'aigua clara i tranquil·la. Vam arribar a l'altra banda enmig d'un terreny fèrtil, un camp ondulat i sense sembrar on creixia una mena de rostoll baix i daurat. Molts dels nostres homes quedaven encantats pel paisatge, alguns deien que quan acabés la guerra i allò ja fos oficialment terreny alemany hi vindrien a viure amb les seves famílies.

N'hi havia un de la nostra companyia que es deia Müller. Era un bon noi, sens dubte. Jo pràcticament no parlava amb ningú que no fos en Kiefer, però amb ell m'hi havia acabat unint quelcom d'estrany: era impossible no apiadar-se dels seus ulls verds i melangiosos i d'aquell caparró ros, on lluïa sempre un somriure trèmul i trapella. Havia estat a França i allà s'havia enamorat, es passava els dies escrivint cartes a la seva promesa.

—Li diré a Denise que vingui cap aquí en acabar tot això —deia Müller, passejant-se davant la seva fantasia, mig nu i descalç—. Aquí podríem establir-nos. Ella és pobra, dependenta d'uns grans magatzems a Lió, una bona dona, treballadora i amb uns pits grossos i tous, semblen pans acabats de coure... Vindrem aquí, construirem una granja i farem família. Vull tenir quatre fills, quatre homes que m'ajudaran amb les collites. Viuré tranquil, estimaré Denise i als meus fills els posaré noms russos: Dmitri, Valeri, Mihaíl, Boris.

La tropa se'l mirava estirada per terra, rient de les seves cabòries i deixant-se escalfar pels rajos del darrer sol. Müller seguia parlant i xiulant, caminava a grans gambades, semblava que acanava el terreny.

—Aquell ximple hauria de tornar cap aquí —va dir Kiefer, observant recelós en Müller—. Pot haver-hi...

Encara no ho acabava de dir i tots ens vam sobresaltar. Un soroll tou va ressonar enmig de la plana, vam veure com en Müller saltava pels aires, el tronc dividit i separat de les cames, desfet per una mina antitancs. Vam agafar per instint els fusells i ens vam posar a l'aguait. El nostre oficial va ordenar un recompte. A nosaltres, com a membres disciplinaris, va tocar-nos netejar de mines el terreny, anar palpant el terra amb les baionetes i desenterrar els explosius després de desenroscar-los l'espoleta.

Vam passar la nit atemorits. Vam cavar clots per amagar-nos, lluny del pontó, ja que els avions russos no paraven de bombardejar les dues ribes del riu. Encertaven els nostres tancs i els vehicles, encara que es notava que disparaven a tort i a dret i sense pla. Reflexos vermells i blancs ballaven en el cel, la pols i la carbonissa ens tapaven un cel tatxonat d'estrelles minúscules, tan lluminoses que semblaven dansar. L'endemà, amb el primer sol, vam seguir avançant. Vam arribar a l'estepa entre el Don i el Volga: era seca i àrida, ondulada i plena de pastura. Els tancs havien d'obrir el pas, atents a les mines i als barrancs, mentre les tropes i els batallons motoritzats hi anàvem al darrere. L'espai era immens: quilòmetres i quilòmetres de pastura daurada, la vastitud esbatanada d'un camp expedit, abraçat a un horitzó de fum i destrossa: el sol ens era tapat per un milenar dels nostres Stukas, el seu brunzit enrabiat, que anaven a omplir de bombes els carrers de Stalingrad.

Havíem de caminar darrere dels vehicles, que aixecaven una pols blanca i fina que no ens deixava respirar. Cap a migdia, la fam i el cansament ja no ens permetien de seguir. Caminàvem arrossegant els peus, enfilant-nos per torns als camions i als estreps dels Panzer. Començaven a sentir-se paraules de desànim. Per fi vam aturar-nos i vam poder menjar, els vehicles amb els queviures van trigar algunes hores, però finalment vam estendre els envelats i vam muntar els menjadors sobre l'estepa. Després de dinar, ens van donar doble ració de xocolata i cigarrets.

—Això és perquè saben que ens espera un combat ferotge —va dir-me Kiefer, allargat al terra i intentant dormir a l'ombra d'un tanc.

Algunes hores després vam reprendre el moviment. Es va fer fosc però vam seguir avançant enmig de la penombra; la nit era clara i una lluna enorme i lleonada presidia un cel de fulgor, que ens humiliava amb la seva elegant magnificència. Pujàvem i baixàvem monticles, esquivàvem les rases, inquiets del que trobaríem a davant, fins que començaren a bombardejar-nos una altra vegada. A escassos metres de nosaltres, un tanc va rebentar, emportant-se amb el seu esclafit més de mitja dotzena d'homes: tota la confiança en un trajecte pacífic fins a la ciutat es va esvair en uns segons, els que vam trigar a dispersar-nos i a preparar la defensa.

—Estan allà, mira! —em va dir Kiefer; els dos ens havíem llançat al fons d'un fossat, ple de pedres i d'herbota. Em vaig posar els binocles rere els ulls i vaig veure els bombarders, canons antiaeris de 37 mil·límetres apuntant les nostres posicions. Els tancs es desplegaren i van començar a atacar les bateries. Ben aviat va començar el foc creuat i el terrabastall ressonant. Del terra semblava que s'aixequessin murs de llum, mentre que tota l'extensió de terreny que teníem a davant, sota la claror d'aquella lluna i de les bombes, perforat pels cràters que obrien els projectils, semblava el paisatge esventrat d'un cataclisme.

Una hora després de l'inici de l'enfrontament, van arribar els Stukas. En unes quantes onades van netejar el terreny, els bombarders havien estat destruïts, i ara arribava la nostra feina:

—Aneu a davant i vigileu que no quedi ningú amb vida —va ordenar el capità de torn—. No vull sorpreses, ¿entesos?

Començava a fer-se de dia. El nostre batalló estava esgotat, els homes no podien ni aguantar-se dempeus, necessitàvem dormir unes quantes hores abans de continuar la marxa. Però els oficials no se'n refiaven: en el front oriental havien estat atacats per gossos russos entrenats, animals rabents i cuitosos, que corrien cap als carros de combats, carregats amb bombes sobre els lloms, proveïdes d'una espoleta que s'activava quan s'ajeien sota els tancs, feien contacte i els fulminaven.

—Avanceu a poc a poc! —deia Kiefer, a qui se li havia encomanat la direcció de la quadrilla. Progressàvem gairebé a les fosques, només guiats per les fogueres dels bombarders aniquilats; la llum somorta de la lluna ho immergia tot en un àmbit de plom. Entre la ferralla dels canons vam trobar cadàvers, però em vaig horroritzar quan vaig veure que eren dones, o més aviat simples adolescents, col·legiales de setze o disset anys, vestides d'uniforme, mortes per la metralla.

—Soldats amb faldilla! —deia algun dels nostres soldats—. Fins i tot les dones moriran en la defensa de la pàtria.

Rere els bombarders hi havia les runes fumoses d'un quarter general. Pertot s'estenien els cadàvers, i sobre el teulat derruït d'un dipòsit un dels nostres avions hi havia quedat suspès, tocat de mort per la seva artilleria. Espetegava i es consumia lentament, i s'estimbaria a terra quan el foc acabés de devorar l'embigat. Intentàvem vigilar, esmunyint-nos rere els murs metrallats, temorosos del que poguéssim trobar.

Enmig d'una cantonada hi havia una d'aquelles jovenetes. Encara s'agitava, movia les mans enlaire, des d'on estàvem la sentíem plorar, tenia les cames ferides i no podia refugiar-se als búnquers que sens dubte hi havia en algun punt del redós que s'estenia més enllà d'aquella posició de defensa.

—Em sembla que li podrem treure una mica de suc a aquella puta! —va lladrar un dels nostres soldats—. ¿Quant fa que no la poseu en calent, nois? —Era un tipus esprimatxat, sempre rabiós, amb la cara devastada per l'hivern a les estepes. Mirar-lo feia basarda, semblava que en qualsevol moment t'hagués d'apunyalar. Es deia Neupert i cada cop que obria la boca maleïa Déu, carregava contra els jueus, a qui culpava de tot i per qui tenia una ràbia desmesurada, o tramava la deserció, per a la qual buscava tothora valedors i còmplices. Estar a prop seu era comprometre's; Kiefer deia que era capaç de vendre'ns als oficials si confabulàvem amb ell.

Neupert va acostar-se a la noia, disposat a violar-la allà mateix.

—Serà només un moment, nois. Vigileu que no s'acosti ningú.

Va tirar el fusell a terra i es va treure la guerrera, i tot rient va començar a descordar-se els pantalons. La noia xisclava com boja, mentre en Neupert no parava de riure i li feia obrir les cames, amb un gest iracund, amb la punta de les botes. Quan anava a mostrar-li el membre, però, va rebre un tret al cap, el vaig veure caure d'esquena, amb la boca desencaixada, sense adonar-se que l'havien mort. La noia, defallida, va parar de cridar.

—Hi ha un franctirador, Walter. Serà millor retrocedir.

Vam tornar al quarter general i vam informar del panorama. A la fi vam poder muntar les tendes i dormir. L'endemà, es va organitzar una patrulla per alliberar la zona. Van enviar-hi dos tancs i una dotzena d'homes, esperant que realitzessin sense problemes la missió. Cinc hores després, encara no havien tornat. Van enviar una patrulla de reconeixement, que aviat va reaparèixer, amb dos homes menys i males notícies. Ens van arribar a les orelles aquests mots:

—Els han atacat per sorpresa. Els cosacs s'han reforçat durant la nit. Hi ha cinc búnquers i moltes trinxeres. Metralladores ben situades i canons. S'han llançat ampolles de petroli contra els tancs i els han incendiat. Els franctiradors han fet una carnisseria. Segurament han aconseguit alguns presoners. Seria convenient alliberar-los.

El comandant es va enfurir. Va començar a estirar-se els cabells i a parlar amb els capitans, anava i venia demanant informes, fins que finalment va decidir organitzar un atac desproporcionat, demanant ajuda per ràdio als Stukas. Unes hores després, partíem més de cent homes cap allà, armats amb llançagranades, acompanyats de vint tancs i tres canons de posició. Kiefer em va dir, marxant al meu costat:

—Els russos tenen ordres de resistir fins a la mort, Walter. No ens donaran la ciutat ni cap enclavament així com així. Haurem de matar-los a tots o ens mataran a nosaltres.

Com sempre, abans d'entrar en combat, vaig ser presa de la por. Era una por profunda, sorgida del fons més obscur del meu ésser, que em tensava tot el cos i em transformava en un autòmat, em defensava de l'aniquilació amb una ira pròpia d'energúmens. Sentia el coll escanyat i un nervi accelerant-me el pols i demanant-me sang a balquena. Les ganes d'extermini s'anaven apropiant de nosaltres, una boira púrpura se'ns anava desplegant davant els ulls fins que només distingíem formes contra les quals disparar.

El nostre capità va dividir l'escomesa en dues unitats de xoc. Els tancs atacarien de front i els canons quedarien enrere, fent foc contra els búnquers. Començaríem a llançar granades quan els Stukas iniciessin el seu ball de voltors. Nosaltres, els fusellers, ens arraulíem allà on trobàvem una clotada o un parapet protector. En silenci deixàvem passar els minuts, fins que va començar a sentir-se la greu xiuladissa dels avions. Van començar a caure bombes, sacsant la terra amb un tremolor, il·luminant-nos l'avançada.

—Endavant! —va cridar el capità, i vam seguir-lo mentre les granades, llançades des de les posicions laterals, esclataven sobre els búnquers.

Tots vam començar a córrer cap endavant. La companyia es precipitava sense direcció i sense considerar les metralladores, que ens disparaven a menys de cinquanta metres de distància. En Kiefer em va estirar al fons d'un embut, el fossat obert per algun projectil, des d'on vam començar a disparar a qualsevol ombra que es movia. Vam acabar les granades i vam fer foc amb els fusells i les pistoles, vèiem com els cossos dels soldats russos sortien disparant, tossint i envoltats per les flames, aquelles noies cridant i caient a desenes, preses d'un centelleig esgarrifós. Jo, en Kiefer i els altres anàvem d'embut en embut, apropant-nos a les trinxeres que havien obert a sobre d'un terraplè, i als nius de metralladores que no cessaven, enfurides, d'escopir la seva càrrega.

Els cascs dels nostres soldats brillaven a la llum del foc, s'encenien de reflexos fabulosos, semblava, mentre s'acostaven corrent, gairebé compassats, que executéssim entre tots un ball o una cerimònia, la celebració d'un ritus tan antic com la mort.

—Han eliminat el capità —va dir un soldat que es va tirar vora nosaltres—. Una bala li ha travessat el coll, li he intentat taponar l'hemorràgia però ha estat en va. Calculo que hem perdut una dotzena d'homes.

—Només queden aquests nius i el terreny serà nostre —va dir Kiefer.

Els avions havien deixat de carregar. Allargats sobre el talús, ens sentíem coberts, a recer de les bales. La detonació dels canons de les metralletes era tan forta que només les vibracions de la boca de l'arma, que vèiem a pocs metres de nosaltres, indicaven que disparava; un vapor abrasador s'elevava del niu, el foc era precís i no perdonava. Però la proximitat feia que restéssim inadvertits. En Kiefer va dir-me a cau d'orella:

—Segueix-me de prop i fes el que et digui.

Mirava hipnotitzat la vibració d'aquella arma, com s'agitava perfecta en la seva missió; ens hi acostàvem de genollons, encisats pel que anàvem a fer. Kiefer va disparar a través de la tela que cobria l'espiell. Després la va arrabassar i va dir-me:

—Llança-hi una granada!

Vaig fer-ho i pocs segons després, sota nosaltres, vam sentir el rebombori, la terra inflant-se i trepidar. Va sortir d'allà dins un núvol de pols. Vam seguir fent el mateix a tots els nius de metralladores fins que la posició va ser nostra. Després, enmig del silenci de l'anihilació definitiva, ens tiràrem a terra a descansar. La resta del batalló recorria les trinxeres, feien presoners a punta de pistola entre els pocs que es rendien o no intentaven atacar a la desesperada, o córrer i escapar. Si trobaven alguna noia viva, la violaven abans d'assassinar-la.

VI

—El Volga està bloquejat i les indústries d'armament de Stalingrad han estat destruïdes —va dir Porzio, dibuixant sobre el terra la ciutat, el riu i les escomeses que sofria. Al sapador italià l'havien ferit en una mà mentre operava en el Don, havia perdut dos dits i portava un embenat enorme, una bola de tela bruta de sang i pols, on hi havia clavat el brancó amb què marcava l'ofensiva—. Ataquem per tots els fronts, i cada dia s'estan fent més enrere. Aviat arribarem als suburbis. Ja hi ha molts soldats russos que deserten, que travessen el Volga per escapar. Coneixent els oficials cosacs, segur que afusellen els desertors, o els disparen per l'esquena mentre marxen. —El Volga s'obria més enllà de la ciutat, rere les línies russes. Porzio ens indicava on estaven els principals objectius, les fàbriques que encara quedaven dempeus en els barris industrials, les sitges de gra, les estacions de ferrocarrils, i el pujol des d'on, segons es deia, la defensa seria acarnissada, el Mamaev Turgan o la Muntanya 102—. Ben aviat atacarem!

Les nostres tropes es reforçaven. Mentrestant, a nosaltres ens posaren en reserva. Vam passar un parell de setmanes descansant, mentre els tancs anaven preparant el terreny per a la nostra invasió de la ciutat. Durant aquells dies, la jovialitat de la tropa s'encomanava a tothom. Fins i tot jo vaig creure, a la llum del que s'esdevenia a pocs quilòmetres del quarter general, que la ciutat seria nostra en unes setmanes, o en menys temps i tot, i que podríem tornar a casa, una vegada complerta la missió de sotmetre Rússia i dividir-la. De la resta de guerra a Europa, però, ningú ens en deia paraula; els oficials ens mantenien enganyats. Esperava que a mi, en acabar tot allò, em commutarien la condemna i recuperaria la meva Lina; els dos aconseguiríem d'alguna manera diners suficients per marxar del país, aniríem cap al sud i després tal vegada partiríem cap a Amèrica. Tots fèiem plans, l'alegria i l'enfilall de presoners que cada dia vèiem que s'emportaven rere les nostres línies, cap als camps de treball de Polònia, i els tancs enemics que queien en el nostre poder, ens parlaven de la debilitat dels russos, que ben aviat abandonarien la ciutat, tan assolada que no possibilitava la supervivència.

L'animació de la soldadesca em va atrapar a mi també. Durant aquells dies d'eufòria vaig sortir del meu hermetisme, de la meva seca antipatia, i vaig cantar i ballar i intercanviar històries amb els meus companys de batalló. Els dies encara eren calorosos, arribava setembre, tot i que a les nits començava a refrescar. Però estàvem segurs que no hauríem de passar un altre hivern de fred en aquelles contrades; molts dels homes d'aquella divisió brindada havien sobreviscut a les gelades anteriors i estaven segurs que no ho resistirien una altra vegada:

—Abans de passar un altre hivern aquí marxo cap a l'infern a veure el meu pare... Buf. Espero poder-lo estomacar, li retornaré cada una de les bufetades que va clavar-me —va dir un noi que es deia Haller, un espavilat simpàtic, que d'un dels búnquers n'havia salvat un gramòfon. Haller em va agafar per la cintura i em va fer ballar. La resta dels homes reien, endimoniats i rifaires, encara que jo i en Haller ho fèiem tan bé com sabíem. Tenia el cabell negre i el nas arromangat, en Haller, i els llavis gruixuts i melosos, dibuixats de tal manera que fins i tot quan no somreia semblava a punt de pixar-se de riure. Sempre ens contava històries del seu pare, un home que l'havia obligat a allistar-se voluntari a l'exèrcit perquè el considerava un dropo i un bohemi, tot perquè volia ser actor de cinema. Ara, s'havia assabentat que era mort; durant un bombardeig no s'havia mogut del llit, begut i sord a les ordres d'amagar-se als refugis. Quan estava de bon humor ens llegia les cartes de la seva mare en veu alta, els ridículs consells que li donava, i com intentava encara treure-li del cap la idea de fer-se actor. Si no ens veia cap oficial, Haller es mascarava el llavi superior de morques i ens feia cargolar-nos de rialles amb les seves imitacions de Führer:

—Estimats compatriotes, homes i dones alemanys! A la Bíblia està escrit: «el que no és fred ni calent, vull escopir-ho de la meva boca». Fins al dia d'avui, els termes mitjans i la tebiesa també han continuat sent la maledicció d'Alemanya —Haller sabia compondre totes les ganyotes, cada inflexió de veu, la música greu de cada paraula, els escarafalls, els ulls oberts i els perdigons de saliva—. Som el poble menys apreciat de la terra! Un món d'enemics s'alça contra nosaltres, i hem de decidir si ser soldats lliures o esclaus. Sí, la col·laboració de la democràcia i el marxisme és formidable, amb la provada conducció dels jueus que manegen els fils. Aquests són els que porten alemanys i russos, que sempre han tingut sentiments amistosos, a un antagonisme completament insensat i incomprensible. Si el poble alemany no tenia motius ni per odiar ni per envejar Rússia, ¿qui podia tenir un interès tan ardent en aquest abordament artificial? El jueu! El jueu!

Els aprovisionaments es multiplicaren. Menjàvem tot el que volíem i ens tiràvem al sol, amb el tors nu, sobre les herbes altes. Ens arribaven a les orelles el retrunyiment dels canons, massacrant la ciutat, obrint-nos pas i eliminant les defenses. Entre el cel i nosaltres, els Stukas tornaven cofois del bombardeig, ens feien piruetes a sobre, mentre alguns de nosaltres agitàvem les banderes en senyal d'alabança. Amb els prismàtics podíem seguir alguns combats aeris, l'esgrima de les persecucions sobre l'horitzó nacrat, la cal·ligrafia de l'adéu d'un avió rus tocat de mort, accelerant-se i descrivint espirals fumoses cap a terra. L'ardor dels homes semblava inesgotable, fins i tot va arribar un equip del ministeri de propaganda, mitja dotzena de periodistes orgullosos de nosaltres, encuriosits, que es passejaven pertot carregats amb les càmeres i els magnetòfons, gravant-nos desfilar i carregar les armes, disposats a apropar-se de seguida que els fos possible a la ciutat i obtenir la primera imatge de l'esvàstica onejant a la Plaça Roja. Semblava que tot ja estava fet, només havíem de prendre Stalingrad, el país quedaria dividit i tornaríem a casa.

Entre els més optimistes hi havia en Hans, un jove de només dinou anys, que frissava com un boig per un permís que mai no arribava. Sempre s'estava furgant el nas, o ficant-se els dits a dins la boca, o saltironejant com un boxador, envoltant a qualsevol que li donés conversa. Una bomba l'havia deixat sord d'una orella i una mica trastocat, devia ser per això que tothora movia el cap a banda i banda, com si pogués advertir qualsevol bala que volgués afinar-lo.

—Les abelles no poden picar-me —deia, referint-se a les descàrregues de metralleta—. Jo solet faré fora els russos d'aquell munt de runes.

Entre bravates, festes i perspectives de triomf anaven passant els dies. Mentrestant el nostre exèrcit es distribuïa, preparava l'assalt final sobre els punts clau de la ciutat; els mapes corrien de mà en mà, cada divisió era destinada a prendre un enclavament estratègic.

—Això no serà tan senzill —va dir-me Kiefer la nit abans d'emprendre l'atac—. No ens regalaran ni un pam de terreny. L'haurem de guanyar amb sang i pólvora.

Durant tot aquell dia els obusos, l'assalt aeri i l'artilleria s'havien afartat d'escometre la ciutat. Jo, en Kiefer i en Hans ens havíem acostat fins al límit i havíem vist Stalingrad al fons, envoltat de fumassa, com una enorme acròpolis aguantant els abordatges, impertorbable i solemnial. A pesar del que rebia, de les tones i tones d'explosius que li queien a damunt, semblava que no hagués mai de tòrcer-se: després vam saber que s'enfortia, que un déu de les runes s'alimentava de destrosses i es preparava per contraatacar.

El sol tot just apuntava quan ens van alinear. Les divisions d'infanteria estàvem preparades. Abans de formar, alguns havien begut, de boca en boca corrien els mateixos acudits sobre els russos i les seves dones, sobre Hitler i Goering. La nostra tasca consistia a prendre una petit camp de vol, apoderar-se de la ràdio, donar la notícia i aconseguir que a partir d'aquell moment la pista d'aterratge pogués ser usada per la Luftwaffe. Per aconseguir això, ens havien donat, a cada un de nosaltres, una gran provisió d'armament: jo portava a sobre més de vuit granades i dues pistoles, a més del fusell i la seva munició, i un punyal i una cisalla. Vam emprendre l'expedició cap al nostre objectiu a les set del matí, però fins una hora després no vam arribar als encontorns de la pista.

Sobre d'un talús, estàvem tots estirats. El nostre capità examinava l'objectiu amb els prismàtics, però a simple vista ja es veia de quina manera els russos havien organitzat la defensa. Ho havien tancat tot de filferro espinós, s'havien parapetat amb sacs i havien distribuït arreu els nius de metralladores. Hi havia canons antiaeris esperant els nostres tancs, apuntant arran de terra. A més de franctiradors enfilats a les torretes de vigilància. Dels hangars en vèiem sortir vehicles, proveïts de curts canons d'avantcàrrega.

El nostre capità, que perdia la vida aquell mateix matí, es deia Kurt Wetje. Era un tipus petit i aplicat, que administrava la guerra com un oficinista. Per Wetje tot es reduïa a una qüestió d'ordre i diligència, volia en tot moment que s'executessin les seves disposicions tal com havia manat, amb un zel inapel·lable. Era rabiüt i còmic, amb aquella veu aflautada i el nas afuat. Wetje de seguida va ordenar una primera envestida. Mitja dotzena de tancs es precipitaren talús avall des de l'esquerra, seguits pels homes a peu. Van passar per sobre del filferro i començaren a atacar els nius de metralletes. L'Ivan —així vam començar a dir-ne de l'Exèrcit Roig— plantava cara: els canons disparaven contra els tancs i, si no els tocaven, obrien cràters sobre el terra, on els homes intentaven arraulir-se. Els trets i l'intercanvi d'artilleria produïen un soroll plomós, que destrossava els nervis als homes que ens estàvem a terra esperant ordres. Des d'allà vèiem com una boira de pols i terra aixecada ho anava cobrint tot, i com els nostres soldats queien ferits i morts, assotats per la metralla i les bales. Així, però, vam avançar les posicions més d'un centenar de metres, havíem aconseguit alguns parapets des d'on atacar amb més garanties, a més d'inutilitzar alguns dels seus emplaçaments.

La segona onada d'homes, però, va tenir menys sort: un obús va esclatar enmig de l'assalt i molts van volar pels aires, empesos per la detonació i sense ni tan sols adonar-se de la pròpia desfeta. Wetje va indicar-nos que ara ens tocava a nosaltres, i que l'objectiu prioritari era fer-se amb un dels hangars; s'entenia per ràdio amb un oficial que atacava des de l'altra banda. Quan van fer sonar el xiulet vam sortir enfurits de dalt del talús i ens vam precipitar cap a la cuneta de la pista d'aterratge; des d'allà, jo, en Kiefer i en Hans vam muntar el llançagranades i vam dirigir-lo a un dels nius de metralletes: amb un sol tret va bastar. El foc encreuat dels canons era terrible, ho omplia tot de brogit i confusió. No sabíem cap a on adreçar-nos:

—Si ens quedem aquí, morirem —va xisclar en Hans, la mirada espaordida. Ens vam posar dempeus i vam començar a córrer cap avant, sentint-nos protegits per la densa fumassa que ho cobria tot, embolcallats amb la qual teníem la sensació de ser invisibles. A les orelles ens xiulaven les bales, passant-nos a prop, fins que de sobte vaig caure dins una mena de trinxera.

Al meu costat, també hi havia caigut en Hans. El tenia sobre les meves cames, amb la cara contra el terra, semblava que amb l'esclat havia perdut el sentit. El vaig posar panxa enlaire però em vaig adonar que la metralla li havia foradat l'abdomen: les vísceres li havien sortit, li vessaven a banda i banda, sobre l'abric, ell era mort però encara palpitaven, s'agitaven retorçudes, enceses, mentre la seva cara estava igual, com si hagués de posar-se dempeus i començar a saltironar al so de les bombes. Va sonar un espetec greu mentre me'l mirava i li tancava els ulls. Finalment, em vaig resguardar contra un dels murs, amb la pistola a la mà sotjava si s'acostava algun enemic; els braços i les cames em tremolaven. Quan va dissoldre's la boira vaig veure que per sobre del meu cap saltaven els altres homes del nostre batalló; incapaç de moure'm vaig estar-me allà fins que als meus peus va caure el cadàver d'un dels nostres, amb el rostre desfigurat, una massa indefinida i ensangonada sota el casc abonyegat. Vaig començar a córrer per aquella espècie de galeria, sense saber on aniria a parar. Al meu casc hi picava la metralla, la terra m'omplia la boca, em coïen els ulls, em sentia a punt de decaure. A banda i banda s'iniciava una batalla atroç amb granades de mà, però jo seguia caminant, saltant obstacles: sacs terrers, fustes, capses buides de municions i algun cadàver. ¿On era en Kiefer? ¿I en Haller? ¿On estava ara la posició enemiga? ¿A la dreta, a l'esquerra? Allò ja no era una batalla, era una ombra, una fúria, una ira vertiginosa on es confonien les ànimes i el valor. Rere un tombant, gairebé vaig estavellar-me, per sorpresa, amb tres soldats russos: els uniformes marrons, les gorres calades, un d'ells amb una metralladora, els altres dos amb un fusell, defensant-se de la nostra ofensiva. Em sentia tan confós i perdut que no vaig saber reaccionar; em vaig fer enrere, em vaig agenollar, disposat a morir, esperant que algun d'ells abandonaria la posició i em perseguiria. Però no van fer-ho; sens dubte, vaig pensar després, ni s'havien adonat de la meva aparició. Vaig estar a punt de tornar enrere corrent, però la por es va apoderar de mi. Sense ni saber què em feia, em vaig treure dues granades del sarró i les vaig esmunyir fins als seus peus, vaig tirar-me a terra rere el tombant i poc després vaig sentir com esclataven. En aquell moment, em vaig sentir eufòric, la por va desaparèixer i vaig tornar allà, on un d'aquells homes s'aguantava la sang que se li escapava de l'estómac. Els altres dos havien caigut, i s'estaven de cara contra el terra. Aquell home sofria, anava morint a poc a poc, obria molt la boca i badallava estremit en un posat de profunda tortura. Li vaig disparar al front amb la pistola i la seva sang va ruixar-me la mà; després, sense pensar-ho, em vaig apoderar de la seva metralleta.

Vaig sortir del fons del fossat i vaig començar a disparar mentre corria. Sentia els trets petar als meus peus i em vaig tirar sota un camió. Des d'allà, vaig mirar arran de terra i vaig veure que les nostres forces ja s'havien apoderat de la meitat del camp d'aviació: l'intercanvi de foc era cruent, els tancs dels dos bàndols cremaven, alguns bolcats a les cunetes de la pista, molts dels seus T-34 ja havien estat inutilitzats. Vaig adonar-me que possiblement jo estava a l'avantguarda, sense saber-ho m'havia escapolit fins a davant de tot. Havia d'escapar d'aquella situació, en qualsevol moment aquell camió podia ser afinat per les bombes i volar pels aires; vaig mirar a l'altra banda i vaig veure l'hangar, les seves enormes portes obertes, amb un enfilall de sacs terrers barrant el pas d'entrada i de sortida. Vaig arrossegar-me fins a guaitar sota el morro del vehicle; des d'allà vaig veure la plataforma d'un dipòsit d'aigua, sobre la qual s'endevinaven els trets dels franctiradors. Un obús va caure ben a prop i va aixecar una intensa polseguera; vaig situar una granada sota el camió i vaig sortir corrent, sentint l'explosió rere meu em vaig amagar rere un munt de bobines, vora d'una tanyada. No semblava que ningú m'hagués advertit, així que em vaig tirar a terra a agafar aire. El combat seguia sent acarnissat, m'arribaven imprecacions furioses dels russos des de l'hangar, els seus llargs fusells antitancs espetegaven sense treva.

Vaig fer la volta al cobert per la banda esquerra. Des d'allà, tenia una bona posició per llançar algunes granades sobre el dipòsit i massacrar els franctiradors. Just en el moment que anava a fer-ho, però, la plataforma va ser tocava per un obús i la torreta va trontollar, va tentinejar alguns segons, fent un bramul de ferro ronc, i finalment la vaig veure estimbar-se en la meva direcció. Vaig córrer cap enrere i em vaig tirar dins un marge. Em vaig estar allà amagat una bona estona, fins que vaig posar el punt de mira al meu fusell i vaig sotjar amb cautela: tot el que veia era fum entre les runes i les eriçades bigues de la torreta. De tant en tant, em semblava veure creuar un soldat rus i disparava, però estic segur que no vaig encertar. Volia retrobar en Kiefer i tornar a les nostres posicions d'inici, abandonar aquell vesper infernal. Em vaig cansar d'esperar i vaig començar a corrinyar per la cuneta, cap a l'interior del camp d'aviació. Estava plena de ferralla i bobines usades de filferro; jo em travava i queia, i nerviós estava llargues estones desenredant-me. Em vaig fer mal als dits, em vaig adonar que des de feia estona els palmells de les mans em sagnaven. Vaig seguir fins a arribar a una zona d'aprovisionament. Rere meu, continuava la lluita, però cada cop els trets i les detonacions sonaven més esmorteïdes i espaiades.

A la meva esquerra hi vaig veure un fortí de formigó. Es trobava mig enterrat i cobert de sacs, amb un portell des d'on anaven sortint homes de genollons, des d'allà es llançaven corrent fins que entraven a l'hangar o es perdien cap a l'altra banda de la pista.

Vaig veure que vora del fortí s'alçava un tanc de combustible. Vaig apuntar-hi el fusell i el vaig disparar: va esclatar, omplint-ho tot d'una negra i tètrica fumassa. La confusió s'apoderava dels homes que sortien d'aquell emplaçament d'armes, sortien disparats a totes bandes, dispersant-se per tots els costats de l'aeròdrom; jo no els escometia a trets per a no delatar-me. Vaig arrossegar-me per la cuneta fins a arribar a l'altra banda de la pista. Allà, la posició ja s'havia guanyat, els nostres homes s'havien apoderat del terreny entrant pel flanc dret, ara s'acostaven lentament a l'altre costat, temorosos del que poguessin trobar rere el fangar i les improvisades trinxeres. Em vaig incorporar a les seves files i vaig buscar un oficial; vaig explicar-li quin era el meu origen i va prendre nota de les disposicions de defensa enemiga; les comunicacions amb l'altra banda s'havien tallat. L'oficial em va donar l'enhorabona i em enviar cap enrere. Vaig travessar, tremolant, el que, fins feia pocs minuts, era un camp de batalla. Escampats pertot hi havia desenes de cadàvers, el garbuix demolidor del foc i el metall s'havia encebat i només quedaven cossos carbonitzats entre els sacs, enclavats a la ferrada dels vehicles destruïts, reguerons de sang sortint dels cràters de les bombes, homes mutilats demanant a crits l'assistència dels infermers, que s'afanyaven inútilment a intentar donar a tots assistència i morfina.

Vaig pujar a un dels talussos i em vaig treure els prismàtics. A l'altra banda, la batalla ja havia acabat. El camp d'aviació ara era nostre, tot i que de moment estava inutilitzat: l'asfalt de la pista estava fet malbé i les torres havien caigut gairebé totes. S'havien fet alguns presoners, tal vegada dues dotzenes d'homes havien caigut sota el nostre poder: serien interrogats, afusellats si es negaven a dir res o enviats als camps de l'estepa. Em vaig girar i vaig mirar cap a l'altra costat de l'aeròdrom: Stalingrad es perfilava bromós sobre un horitzó gris, el contorn de les seves fàbriques ara es distingia amb precisió, a més de les grans sitges, alineades al vessant de la

Muntanya 102. Em vaig tirar a terra i vaig estar-me mirant el cel durant un parell d'hores, deixant-me encegar per les darreres llums d'aquell estiu; dels ulls em van començar a caure llàgrimes.

A sol post em vaig trobar amb en Kiefer. Vaig anar a l'encontre del meu batalló i el vaig veure assegut sobre una capsa de munició, posant-se un braç en cabestrell.

—M'he fet mal en caure al fons de la trinxera —em va dir, ensenyant-me les seves dents negroses—, no tinc res romput, només una contusió i dos petits talls que m'han fermat amb grapes. I tu, ¿on t'havies ficat?

Li vaig explicar la meva història.

—¿En Haller? —va dir Kiefer—. Està ferit, una granada li ha esclatat molt a prop. És a la infermeria, dins l'hangar hi han muntat un hospital de campanya. N'hi ha un gavadal, de ferits. Demà els vindran a buscar, un avió se'ls emportarà cap a Alemanya.

Van muntar les dutxes de campanya i ens vam rentar per primer cop en un parell de setmanes. Sota l'aigua, els cossos nus de la tropa brillaven, ensabonats i contents. Els càntics s'alçaven, tímids, del vapor, oblidosos que feia poques hores havien mort homes sobre el terreny que ara trepitjàvem. L'estossada humana tornava a ser-nos indiferent —vivíem i això semblava bastar-nos—; ningú parlava dels caiguts, tot i que l'operació s'havia cobrat gairebé un centenar de vides. Aquella nit hi va haver festa; dins l'hangar en Haller i un company hi havien trobat una capsa plena d'ampolles de vodka dins un escorranc cobert de cadàvers, i ens la vam beure d'amagat dels oficials. A més, s'havia desposseït els russos dels seus paquets de tabac. Fins i tot jo imitava en Hitler, Goering, Ribbentrop i els actors de moda, bevia glopades fins a tirar-me per terra, entre la soldadesca pilloca; els homes, divertits, em feien la baca i m'empentaven, fent-me ballar i contornejar-me com una actriu de cabaret.

Teníem la panxa ben plena, els aprovisionaments eren abundants, en part perquè els oficials volien tenir-nos contents, i en part perquè també ens menjàvem les racions dels morts: ens afartàvem de xocolata, de conserves, de *gulasch*. En Kiefer va ser l'únic que durant els dies d'abundor va guardar alguna cosa, mentre que tots els altres menjàvem com porcs, ens masturbàvem allargats per terra davant de tothom, explicàvem acudits obscens amb la boca plena, vomitàvem i ens emborratxàvem assaciats.

L'endemà, abans que se l'emportés l'avió, vaig anar a veure en Haller. Tota aquella part de l'hangar l'havien condicionada amb llits de campanya i bons matalassos, entre els quals es passejaven, adelerats i insomnes, els metges, els infermers i els capellans de campanya: com en trànsit, amputaven membres, estroncaven hemorràgies, injectaven dosis d'insulina. Per sobre d'aquells homes surava un gemec greu, fondo, un lament de dolor vague. El recinte feia olor de carn oberta i de fenol, de gangrena i putrílag; gairebé era insuportable la visió d'aquells nois allargats l'un vora l'altre, estabornits, ensopits, moribunds, les benes ensagnades, esperant no se sabia què, deixant clar l'enorme error d'aquell combat. Vaig adonar-me que algú, des d'una de les lliteres, m'alçava la mà:

—Walter! —va dir-me en Haller—. Acosta't.

Vaig caminar entre els ferits fins a arribar al seu capçal. Per les finestres altes entrava una llum blanquinosa, una calitja freda ho anava cobrint tot, tamisant la claredat i donant al rostre de Haller un blancor perlina.

—Estic bé, no et preocupis —va dir somrient—. Mira —i traient el braç de sota la manta, vaig veure que li havien tallat una mà; al canell hi tenia un manyoc de benes tenyides de roig, olioses de tintura de iode—, ara em retornaran a casa, m'ha costat una mà però torno a casa, Walter, un avió ens ha de venir a buscar —la seva veu tenia un to cendrós, com si estigués mig sedat, els trets del rostre se li havien alterat, es dissolien, era com mirar-lo sota l'aigua—. ¿Creus que em voldran en alguna pel·lícula, Walter? ¿Amb una mà tallada, podré fer d'actor? ¿Per què em dius que sí? ¿Per què em menteixes? ¿Has vist alguna pel·lícula on hi surti un mutilat? Cal estar sencer per fer cinema. No volen a ningú tarat ni amb mala cara.

—Estàs viu, Haller, això és el que compta —vaig dir-li jo intentant consolar-lo—. I tornes a casa, et posaràs bé. Veuràs la teva mare...

—Quan vaig partir cap al front, Walter, ella em va venir a acomiadar. Estàvem tots els reclutes a l'estació, enfilats als trens, guaitant per les finestres la gentada. I de sobte la vaig sentir. Anava cridant el meu nom per l'andana, plorant el meu nom, Walter, deixant-se la veu, amb unes llàgrimes grosses com el puny, buscantme com una boja. «Haller, Haller», deia, «fill meu, ¿on ets? Haller!». Jo em moria de vergonya, els companys se'n reien de mi, em van agafar pel clatell i em van treure el cap per la finestra. «Saluda la teva mare», em deien, «acomiada't d'ella, perquè qui sap si la tornaràs a veure». Recordo quan el tren va partir. És com si la veiés, Walter, corrent rere el comboi, una dona grassa de més de cent quilos, plorant, el rostre vermell, lluent com un tall de fetge. Alguns dels nois van estar fent-me'n befa durant molts mesos, repetint-me, burletes, els laments de la meva mare, imitant els seus plors. Ara, alguns d'aquests nois, que vaig acabar odiant, ja són morts. És estranya la vida, Walter. I els plors i el dolor, i la mort, és estranya la mort.

—No pensis en això, descansa —vaig dir jo. En Haller semblava que havia perdut el sentit. Vaig estar-me més d'una hora al seu costat, acariciant-li el front, mirant els llits on molts agonitzaven.

Aquella mateixa tarda els van venir a buscar. Vaig veure carregar en Haller dins un enorme avió, juntament amb la majoria dels altres ferits; el noi ni se'n va adonar de res, havia perdut el sentit, suava i tenia febre, els llavis li tremolaven, uns espasmes sobtats li tibaven el coll. Durant tot aquell dia s'havia aconseguit condicionar una part de la pista, un regiment sencer de romanesos havia tapat les rases, tret la runa i asfaltat de nou. L'avió bimotor va enlairar-se, pesat i rugent, escometent l'horitzó.

Però no va volar ni una milla. Des del sud vam començar a sentir l'espetec sord dels U-2. Eren mitja dotzena d'avions d'atac russos, nedant dins la darrera claredat, afalconant el bimotor, empaitant-lo i disparant-li. A través dels prismàtics vaig poder seguir la persecució; els U-2 s'hi apropaven per totes bandes, talment mosques, fins que el tiraren avall. Els homes del meu costat es posaren a xisclar i a lamentar-se, maleïen i escopien a terra, la majoria van començar a córrer cap als nius de metralletes, els llançacoets i els canons. L'horitzó va esqueixar-se davant meu, el bimotor, en la llunyania, va caure sobre l'estepa, enmig d'una carxofa de foc, de devastació i fum negre. Alguns segons després va arribar-me el soroll, una detonació inflada, profunda com el lament de tot un món. Aquells avions s'acostaven.

Estupefacte, els veia apropar-se sense moure'm. Els crits dels homes m'arribaven de totes bandes, comminant-me a córrer a recer, però em sentia tan descoratjat que no em podia ni moure. «Haller», pensava, «Haller». Els U-2 deixaven anar un vapor prim, i feien un taf-taf que semblava de cafetera, que omplia tota la campana del cel i la feia trepidar. Quan van ser a prop de nosaltres van començar a metrallar. Llavors, em vaig adonar del perill que corria i vaig tirar-me a la cuneta. Els nostres canons disparaven al cel, però els U-2 deixaven anar impunes la seva càrrega. El dia anterior l'Exèrcit Roig havia defensat amb heroisme aquell aeròdrom, i ara ells mateixos l'atacaven. Les seves bombes queien en el crepuscle ensafranat, demolint les nostres improvisades defenses. Molts fusellers no sabien on amagar-se, temien l'acció dels projectils russos dins l'hangar, se'ls veia córrer a banda i banda de la pista, tapant-se les orelles, tan trastornats que disparaven els fusells enlaire i sense mirar, esperant tocar el ventre d'aquells aparells del dimoni.

L'escaramussa va durar més d'una hora. Van estar passant fins ben entrada la nit, causant mortaldat i destrosses. Un dels nostres llançacoets va tocar un dels U-2, li va esmotxar una de les seves llargues ales de corb, i va desequilibrar-lo, el vam veure caure en la llunyania, només la resplendor llunyana del seu foc crepitant en la nit. Poc després, van marxar els altres, perdent-se més enllà de Stalingrad, a l'altra banda del Volga. La resta de la nit la vam passar tranquils, comptant les baixes i avaluant els danys: aquell atac seria el primer de tota un sèrie de furioses escomeses. Vam descansar com vam poder, acampant en els talussos, preparats per ser atacats de nou en qualsevol instant. Aquell vespre no hi va haver festes ni esperances, els brindis havien donat pas a una fatal premonició sobre la força dels russos, preparats per arrasar-nos i tallar-nos l'avanç.

Vam passar uns quants dies més restaurant l'aeròdrom. Van venir dos regiments d'hongaresos i italians, que ens ajudaren a fortificar i defensar les pistes dels atacs aeris. Aquells homes estaven desmoralitzats, es passaven el dia maleint, obeint les ordres amb recança. Eren desenes de mils, tancats en ells mateixos, no parlaven amb ningú que no fos de la seva corda, treballant colze contra colze amb els seus, com si lliuressin una guerra pròpia. I és que allò ja no era la seva guerra, o no ho havia estat mai; se'ls veia desitjosos de marxar abans que l'hivern tornés a cobrir-ho tot de neu adversa. Semblava a vegades impossible que els nostres batallons combatéssim en el mateix bàndol que aquells homes sorruts, desesperats i impenetrables. Simplement mirant-los un podia sentir-se insegur.

Tot i que ningú, poques setmanes després d'establir provisionalment la nostra posició a l'aeròdrom, hauria sabut dir qui formava part del nostre exèrcit. Cada dia més russos s'incorporaven a les nostres files, ja no eren enviats als camps de treball en grans partides, sinó que començaven a treballar per nosaltres, gairebé com esclaus: cavaven rases i trinxeres, asfaltaven la pista, descarregaven els camions de proveïments, aixecaven fortins o pelaven patates a les cuines.

—No hi havia més remei que servir-se d'ells —ens deien els oficials amb menyspreu, mentre ens ordenaven recelosos de vigilar-los pistola en mà—, hem sofert moltes baixes, més de les previstes, i necessitem sang nova per al combat.

Molts d'aquells homes eren ucraïnesos que havien estat capturats mentre abandonaven Stalingrad, esperant tornar a veure les seves famílies, assentades, segons esperaven, en territori ocupat. Fugien de la fam i de les lleves obligatòries, sabien que si queien en mans dels comissaris russos mentre intentaven sortir de la ciutat serien afusellats per traïdors, alguns d'ells venien a les fosques, carregats de la falsa propaganda que havia llançat sobre Stalingrad algun dels nostres avions: papers farcits de vanes promeses, on se'ls assegurava que serien ben tractats i alimentats i que podrien retornar a les seves terres de seguida. Els pobles d'aquella gent, però, havien estat arrasats, no quedaven ni les runes dels seus llogarets o vilars, les nostres tropes, o els cosacs, ho havien cremat tot al seu pas, sense deixar res més que cendres i runes.

Eren els anomenats *hiwis* o «ajudants voluntaris», molts dels quals també van posar-se el nostre uniforme i van lluitar en el setge de la ciutat, obligats a disparar contra els seus compatriotes. Un d'aquests homes va fer-se amic d'en Kiefer; per suplicar protecció, aquell home aconseguia cigarrets i licors per a la tropa, servint-se d'un noi escarransit i tinyós, que creuava de nit els quilòmetres que separaven l'aeròdrom dels suburbis. L'home es deia Savitski, i era alt i fornit, amb la cara de carn entorcillada, que li componia una ganyota adolorida i perenne, com si estigués sempre a punt d'esternudar. Tenia les celles gruixudes i els llavis plens de bues, que deixaven anar sobre la barbeta un líquid lluent, obligant-lo a tenir sempre la boca oberta, ensenyant una dentadura ennegrida i roma.

Savitski passava els dies a les ordres del regiment de cuina, carregant sacs de farina o netejant el barrastral del menjador. Era llastimós, a més, veure'l netejant els bidons de les latrines, la feina més abjecte que un es pugui imaginar. Savitski carregava els barrils de metall —velles llaunes de combustible, on cagava la tropa enfilada als ulls de tothom, sobre seients de fusta sense llimar— amb una carreta, fins a enmig d'un descampat, més enllà de l'aeròdrom, exposat a algun atac sobtat aeri o per terra; havia de vigilar, a més, que el vent no portés les emanacions de la cremació d'excrements cap a la situació de la tropa. Buidava allà dintre una llauna de combustible mentre remenava el foc amb un tauló, girant el cap en un gest infinit de repugnància. Allò era un espectacle per als soldats, que l'havien sobrenomenat «el merder»: se'n reien i feien mofa d'ell cada vegada que el veien carregar els bidons, feina que Savitski havia de realitzar uns quants cops al dia. Quan acabava, corria cap al campament, mig defallit, a ruixar-se d'aigua la nuca i la cara, tossint, vomitant i mastegant blasfèmies. Veient-lo, m'inundava la tristesa il·limitada dels meus records del camp de concentració; recordava el meu treball a la cuina, el meu desgrat quan em vaig veure obligat a fer feines d'aquella natura. Més d'una vegada, em vaig sentir temptat d'apropar-me a ell per ajudar-lo, però no vaig sentir-me'n capaç.

—Aquell home ha perdut tota la seva família —em va dir en Kiefer, veient que el mirava—. M'ho va contar ell mateix, el vaig sorprendre plorant una nit durant la guàrdia. Era mestre d'escola, em va dir, i va intentar treure un camió carregat de nens de la ciutat. Dins, n'hi havia més de cinquanta. Els bombardeigs havien mort moltes de les seves famílies; Savitski sabia que si no intentava treure'ls acabarien morint de fam o esclafats per les runes. Va aconseguir un camió i va sortir de nit per la part alta de la ciutat, de manera increïble va arribar fins a un poble dels afores. Va passar allà uns dies, fins que va topar amb el Sonderkommando 42 de la SS, que segueix l'estela de la nostra avançada. Savitski explica com els van massacrar; l'obligaren a recloure els nens dins una església i a incendiar-la, llançant bales de palla pels finestrals. Com que s'hi negava, l'assotaren fins a trencar-li les costelles. Savitski va veure morir asfixiats aquells nens, porta els seus crits i plors gravats al rostre, els va arreplegar després carbonitzats, l'obligaren a treure els cossos i a enterrar-los. Els SS el van portar a un camp enmig de l'estepa, fins que el reclutaren per assistir el front. Durant la marxa a peu fins aquí, de més de cent quilòmetres, els SS van executar tots els qui no ho resistiren.

Savitski, durant la nit, es veia amb un noi més enllà de les tanques de l'aeròdrom. L'anomenava Baulin i havia estat un dels seus alumnes. Aquell nen s'acotava allà per demanar menjar, perquè a la ciutat començava a ser difícil sobreviure; creuava cada nit els suburbis des del centre, on vivia amb la seva mare dins un soterrani, i després caminava un parell d'hores pels descampats i el camp obert, fins que es trobava amb Savitski vora d'un pal de telègraf. Allà, el seu antic mestre li lliurava un farcellet amb menjar (restes de pa de munició, algunes patates, sobres de *gulasch*) que el noi devorava en part abans de tornar cap a la ciutat amb les primeres llums de l'alba. En pagament, Baulin lliurava a Savitski tabac de mastegar rus, a més d'alguna ampolla de licor rescatada d'entre les runes dels antics habitatges. Amb això, Savitski mantenia contents uns quants oficials, amb la qual cosa esperava lliurar-se de ser enviat a les línies del front, on cada dia es cavaven trinxeres quilomètriques i s'alçaven robustes casamates.

—Savitski explica que la ciutat està tota destruïda —va dir-me Kiefer durant una guàrdia, els dos dempeus enmig de l'estepa, atents als possibles assalts—. A la part occidental gairebé no queden edificis drets. El noi passa el Volga per anar a buscar queviures, però no n'aconsegueix, la fam els devora, i ha d'arriscar-se a venir fins aquí. No sé com resisteixen. Quan marxa amb el menjar, Walter, et juro que aquell noi sembla feliç.

Però Baulin va aparèixer mort un matí, amb un tret al cap, vora el pal de telègrafs. El cos de guàrdia havia distingit corredisses d'ombres en la nit i, tement un sabotatge, havia disparat a matar. Pocs dies després, però,

Savitski tornava a deixar menjar a un altre nen, aquest molt més petit i desnerit, entre la carcassa cremada d'un dels nostres Stukas.

L'activitat en el nostre front era frenètica i desbaratada. Les anades i vingudes d'homes entre les diverses línies d'atac era constant, les ordres semblaven contradictòries, no se sabia ben bé per on atacar ni com organitzar-se, s'ignorava quins eren els punts més dèbils de la metròpoli, que continuava resistint engalanada d'enderrocs i fumarada. L'activitat a l'aeròdrom va accentuar-se durant els darrers dies de setembre, els avions s'enlairaven sense descans per anar a bombardejar, de dia i de nit, mentre que els camps de vora la pista es convertiren en improvisades cavallerisses; els cavalls, que cada dia arribaven a centenars, requisats de les granges o des d'Alemanya, servien els oficials per anar d'un lloc a l'altre de la llarga línia del front, estalviant el combustible dels tancs i camions, cada dia més racionat i repartit entre les forces motoritzades; fins i tot van arribar a veure's camells, aquells animals calmosos i daurats, carregats de provisions, conduïts pels batallons de cavalleria austríaca.

La nostra tasca, com a membres d'un batalló disciplinari adscrit a un regiment de fusellers, va ser la de cavar trinxeres al costat dels *hiwis*. A tocar dels suburbis de la ciutat industrial acabaven les possibilitats d'avançada; a partir d'allà tot el que hi havia era confusió i estralls. Vam construir búnquers i parapets, unint les posicions d'atac en un laberint de gabions i sapes. La feina era esgotadora; a més, durant la nit havíem de quedar-nos allà defensant la posició, perquè eren habituals els atacs per sorpresa dels cosacs, preparats per a volar-nos els baluards i els abrics. En aquelles bandositats van perdre la vida molts dels nostres homes, sorpresos per les bombes mentre dormien dins els búnquers. Tot i que descansar era gairebé impossible a les línies del front. Els U-2 ens sobrevolaven sempre de nit, però ho feien amb el motor apagat; havien après que així era més difícil que fossin abatuts pels nostres canons antiaeris; es deixaven caure com falcons sobre els blocaus, delatant-se només per un xiulet estrident, l'aire de la nit passant a través dels seus tirants, que ens tensava els nervis fins que deixava caure les seves bombes. Molts dels homes del front havien de ser reemplaçats passades algunes nits a les trinxeres; l'esgotament nerviós torturava aquells soldats fins a convertir-los en titelles desganats, sense esma per defensar-se de morir, inútils per sostenir una arma.

Durant un crepuscle, mentre intentàvem vorejar de filferro espinós una de les rases, va presentar-se un dels nostres oficials. Reclutava homes per a una operació especial dins territori enemic; juntament amb el nostre capità ens va fer entrar dins un fortí, i va desplegar un mapa davant de nosaltres. Es tractava de fer una ràpida incursió fins a les fàbriques de tractors del barri manufacturer. Allà, feia dies que s'estava lliurant una batalla despietada, el domini d'aquella posició era clau, les nostres tropes blindades havien tractat d'apropiar-se de l'emplaçament, però havien estat destruïdes o foragitades. Allò era un pou de mort, tots els que s'hi havien acostat havien estat demolits. Una vegada repetida la incursió, s'havia aconseguit recuperar les línies, però ara aquestes perillaven, sempre sotmeses a les fugaces incursions dels guardes siberians. L'Ivan atacava a la desesperada, posava mines i sorprenia amb atacs sobtats. Aquella zona era un infern amb dimonis invisibles.

—Heu de portar fils de comunicació fins a la planta de tractors —ens va dir el comandant—. Els nostres homes allà han quedat aïllats, fa dos dies que no rebem notícies. Ignorem l'estat de l'avantguarda.

El nostre comando estava format per sis homes; ben clarament a tots ens consideraven prescindibles i insignificants, a més de totalment va l'intent d'arribar fins a l'enclavament de la fàbrica. El comando estava format per Kiefer i jo, dos membres d'un batalló disciplinari; un romanès convicte d'assassinat, a qui el seu govern aliat a Hitler havia enviat al front; dos soldats acusats de covardia, joves fusellers de dinou anys que havien volgut robar cavalls i desertar; i un *hiwi* extret del camp de treball per a carregar l'enorme bobina de fil telefònic.

Vam partir amb la primera claror de l'albada. Vam seguir l'embolic de les nostres trinxeres fins a l'extrem més acostat a la terra de ningú. A partir d'allà començava un descampat ple de clots i rostoll cremat, amb alguns cadàvers a la vista, estesos i desmembrats, inflats pels gasos de la putrefacció, morts dels dos bàndols abandonats a la fam de les feristeles. Un confús ordre de vies de tren es perdia entre els carrerons llunyans, estrets passadissos flanquejats per les runes, munts ennegrits i informes denotaven on hi havia hagut sòlides construccions, blocs de vivendes i magatzems de matèries primeres. A la nostra esquerra hi havia petjades de tancs, grosses roderes marcades sobre la pols i la cendra del terreny, seguides per les marques dels vehicles eruga. El seu rastre s'endinsava cap a l'interior d'una nau derruïda, per on s'havien obert pas fins a arribar a la fàbrica de tractors. Segons els mapes de què disposàvem, ens trobàvem a menys d'un quilòmetre del nostre objectiu.

—¿Esquerra o dreta? —va demanar-li a en Kiefer.

—Els vehicles s'han endinsat per aquell costat —va respondre, estudiant el terreny amb la mirada inquieta—, crec que hauríem de vorejar l'objectiu i examinar-lo de lluny, una vegada puguem avaluar la situació decidirem com portar el cable.

El sol ja començava a omplir-ho tot d'una claredat llòbrega. Un fum lleuger cobria tota la zona i la immergia en una llum opaca; semblava que ens moguéssim dins l'interior d'una mena de campana de calitja, i una olor de combustible cremat i rovell ho impregnava tot, impedint-nos respirar a fons. En Kiefer va sortir de la trinxera i d'una correguda va amagar-se rere d'un munt de frusts; jo el vaig seguir, amb els dos joves fusellers estalonant-me, saltironejant per sobre de les rases i els morts. Vam estar una bona estona en silenci, avaluant la situació. Res no es movia, de lluny ens arribava un rebombori sord i matusser; hi havia escaramusses sobre el Volga, bombardeigs sobre les voreres i els pontons. En Kiefer va fer un senyal al romanès, que carregava les altres bobines, i al *hiwi*, que va arribar esbufegant i llançant-se a terra aterrit, tensant el fil de comunicació. Poc després, en Kiefer va partir corrent fins a endinsar-se dins la fosca d'un portal obert, l'entrada d'una vella cantina.

De sobte, vam sentir un tret, un espetec sobtat va sortir d'allà dintre; tots nosaltres vam alçar les armes i vam apuntar a la barraca. Vam estar en tensió durant uns segons, tan llargs que ens semblaren hores; els joves fusellers tremolaven allargats rere un munt de tubs de plom, mentre el romanès apuntava cap al portal, abrigant-se en el *niwi*, amb una mirada assassina. Vam veure una ombra que es perfilava en el buit: era en Kiefer fent un senyal perquè arribéssim fins a la seva vora.

—Segueix-me en silenci —em va dir quan vaig ser dins la cantina. Els altres homes es quedaren al pis inferior, mentre jo i ell pujàvem lentament una escala derruïda. Una bomba havia rebentat allà dintre, havia foradat el sostre mig enfonsat a les golfes, el terra de les quals s'havia precipitat fins el vestíbul. En una jàssera que aguantava un metre de sòl, allargat sobre d'una màrfega bruta, hi havia un cadàver, abraçat a un fusell de precisió.— S'havia adormit —em va dir Kiefer—, no s'ha adonat de res, no hi havia altre remei, he hagut de matar-lo. —El mort tenia un forat entre la gorra i la nuca, la sang li regalimava abundosa i formava un bassal sobre l'estuc. Kiefer es va agenollar al seu costat i va girar-lo panxa enlaire: tenia la cara gratada de verola, un rostre jove i de trets bastos, sense afaitar, amb les dents grogoses, les celles gruixudes i plenes de pols. Estava prim i pudia a tabac, alcohol i suor. Als seus peus hi tenia una ampolla buida i un sarró amb una carmanyola plena d'ossos de porc escurats fins al moll. De dins del seu abric polsós Kiefer en va extreure un petit bloc, fermat amb una corda on s'arremolinava una cua de llapis. Kiefer va obrir aquell quadern, el va fullejar encuriosit i poc després va allargar-me'l:— Mira, ¿saps què és això? —em va demanar assenyalant-me una reiteració de dibuixos.

—¿Cascs, cascs dels nostres? —va dir xiuxiuejant.

—Sí, compta'ls. —Els vaig enumerar i en van sortir vint-i-dos.

—Vint-i-dos —vaig dir—. ¿De què es tracta?

—Aquest franctirador havia mort vint-i-dos homes. Ell tot sol se n'ha carregat vint-i-dos!

Me'l vaig mirar bé. Aquell home tenia un aspecte totalment inofensiu, i tanmateix era un assassí: això era la guerra. Kiefer va regirar-li tot l'equip, va trobar-li un paquet de tabac i un parell de bones tisores.

—Això està infestat de franctiradors, Walter. Ens convé quedar-nos aquí i analitzar bé la nostra ruta. Allarga't en aquesta tronera i supervisa l'entorn.

Vam desplaçar el cadàver fins al fons de les golfes i el cobrírem amb el seu propi abric. Em vaig ajupir sobre la màrfega i vaig veure una ampla avinguda, amb tots els arbres caiguts sobre les voreres plenes de runa. El pas estava barrat per alguns tancs destruïts, carros de combat dels dos bàndols bolcats i estellats, negres pel foc que els havia desbaratat i consumit. Enmig del carrer s'hi havien alçat barricades amb mobles, llaunes, pedres i sacs de terra. Hi havia alguns pocs edificis dempeus, però eren simples bucs, sense sostre ni finestres, habitatges fantasmals on fins feia poc hi havia viscut gent, persones que menjaven i bevien amb total normalitat, respirant el batec animós d'aquella ciutat, atrafegades en una vida a les fàbriques, esperant tàcitament la felicitat proletària. I ara només pedra morta i deportació forçosa, cadàvers i detritus i nosaltres depredant un país, morint i matant, intentant decapitar un continent en nom de la glòria.

En Kiefer anava mirant per totes les finestres i bretxes que hi havia pels murs, espiava els carrers adjacents intentant establir el millor itinerari cap al nostre objectiu. Mentrestant, jo m'estava esguardant l'avinguda, capficat i temorós. Els altres s'arraulien a baix, sense atrevir-se a moure's, contenint la respiració, amb el cap amagat entre els genolls. De sobte, un soldat rus va creuar el carrer, ajupit i amb el fusell a l'espatlla. Corrinyava com una rata per amagar-se rere els tancs abatuts, tement ser vist des de l'altra banda de l'avinguda. Portava l'uniforme tan brut que es confonia amb les escairades pedrotes.

Vaig avisar en Kiefer i va estirar-se vora meu:

—No li disparis —em va dir—, un tret ens delataria. Qui sap quants homes hi ha a l'aguait entre les runes.

El soldat va anar creuant fins a arribar a l'altra vorera, s'estirava per terra i avançava empenyent-se amb els colzes, ocultant-se dins qualsevol enfonyall. Una vegada a dintre s'hi passava llargues estones, sotjant un possible atacant, calculant quina seria la millor carrera. Quan s'assegurava que ningú l'havia vist, canviava de posició, aproximant-se cada cop més a l'alt edifici de l'oposada voravia. Finalment, va posar-se dempeus i hi va accedir, perdent-se dins la negror feréstega del buc.

—Hauríem de sortir d'aquí, Walter —va dir Kiefer—. Però tot sembla insegur. El més convenient seria tornar a les nostres línies.

Sense que ens poguéssim adonar de res, precedit per un xiulet recòndit, va caure un obús enmig de l'avinguda. Van esbucar-se dos balcons i es va alçar una enorme i blanca polseguera, que ens va tapar la visió: en un moment, tot va quedar immers en una capa de boirim i en un silenci estirat, però ben aviat vam començar a sentir el cruixit dels tancs que s'apropaven, les pesades cadenes dels vehicles motoritzats fendint el malmès empedrat del carrer. Quan va caure la cortina de pols, vam veure un dels nostres tancs, seguits per un grup de tropa de mitja dotzena d'homes armats amb fusells i metralletes. Volien obrir-se pas per aquella part de la metròpoli per intentar anar a cobrir de bombes el passos sobre el Volga.

Però de cop tot va volar pels aires: morters i granades de mà van començar a ploure sobre aquells homes, caiguts del cel, i van córrer esfereïts a amagar-se d'un atac que no sabien d'on provenia. El tanc semblava que havia quedat inutilitzat, enfilat damunt un munt d'enderrocs, en equilibri inestable. Els nostres homes van començar a disparar a les façanes i a l'altra banda del carrer; se sentien els seus crits de ràbia, les seves malediccions i els laments de la seva indefensió. De la torreta del tanc en va emergir el conductor, però una bala li va foradar el cap i va quedar a mig sortir, amb el cos caigut sobre la trapa. Els soldats metrallaven el buit, les seves bales espetegaven contra el terra i feien saltar fragments de pedra dels detritus. Jo i en Kiefer ens ho miràvem espantats, tement que es disposessin a fer foc sobre nosaltres.

En aquell moment, un dels soldats joves que formaven part del nostre comando va sortir cridant i demanant ajut. S'anava a unir amb els homes que es defensaven, però un tret de franctirador al cap el va fer caure de seguida. Ben aviat, es va veure que la defensa era impossible; tots aquells homes van morir: uns sorpresos per les granades, els altres per un tret precís i llunyà d'algun dels emboscats entre els enderrocs. En total vaig comptar vuit cadàvers. Algunes hores després, encara no ens havíem mogut. Queia la nit sobre la ciutat, omplint-la de tons ambigus i esmolats; l'hivern s'acostava, els dies s'estaven escurçant, enfosquint a partir de les tres de la tarda.

—Esperarem la nit, és l'única sortida —va dir Kiefer—, llavors intentarem arribar fins a la posició o tornarem cap enrere.

El *hiwi*, però, va treure's la bobina de cable de l'esquena. Va donar una puntada de peu al romanès i va sortir de la cantina, corrent i bramulant paraules en rus, demanant ajut, decidit a canviar-se de bàndol. El romanès, ofès en el seu amor propi, es va aixecar i va començar a perseguir-lo, a trets l'encalçava entre la destrucció de l'avinguda, fins que va ferir-lo en una cama, a l'altura del maluc; llavors el *hiwi* va caure i començar a xisclar, agafant-se la ferida. Mentrestant el romanès s'hi acostava lentament, disposat a descarregar-li un tret a la cara. Quan va ser-hi a prop, però, el franctirador de l'edifici d'enfront li va perforar el coll amb un tret despietat; el romanès va caure sobre els genolls mentre intentava estroncar-se la ferida, que li deixava anar la sang a borbolls. De l'edifici van començar a sortir veus; el franctirador parlava a crits amb el *hiwi*, qui, desesperat, es dessagnava i agitava les mans:

—Ens delatarà! —vaig dir jo, aquell home descobriria el nostre refugi.

En Kiefer va tirar-li una granada de mà a la vora i va cobrir-lo de runa.

—Anem-nos-en d'aquí dintre! —va cridar posant-se dempeus i estirant-me pel coll de l'abric. Vam baixar l'escala a ensopegades i vam fer aixecar l'altre jove soldat, que plorava en silenci en un racó, cobrint-se amb un munt de cadires desballestades.

No vam sortir per on havíem entrat; rere el taulell hi havia un portell que s'obria cap a un pati interior; allà, dins una gàbia, es podrien dues gallines mortes, devorades per les rates entre munts de capses de fusta plenes d'ampolles buides i desenes de rodes de bicicleta. Havíem de saltar el mur i escapar. Vam amuntegar les capses i vam enfilar-nos-hi a sobre, vam esmicolar a culatades els vidres punxuts que s'hi eriçaven clavats i ens vam asseure al caire de la cloenda.

Vies de tren, vagons parats i màquines incendiades, coberts derruïts i petites cases de les quals només en quedaven dretes les xemeneies de totxo. Vam saltar a l'altra banda i vam córrer, per fortuna pràcticament ja era fosc i ens sentíem invisibles, sabent d'alguna forma de mort a l'aguait. Vam travessar els vagons per dintre, amagant-nos-hi per espiar el pròxim punt a assolir. No hi havia cap moviment que indiqués vida. Només sostres de xapa i de llauna i herbes altes, algunes rates corrent sobre el balast negrós, i una sèrie de vells dipòsits d'aigua, de fusta i envoltats d'anelles de ferro, enfilats de qualsevol manera a sobre d'un trabucador. Lluny, un gat fugia esperitat, emparant-se en la darrera ombra d'una paret.

Ens vam asseure al fons d'un vagó, sobre una bala de palla.

—Si aconseguim tornar a les nostres línies sense haver acomplert la missió, ens faran un consell de guerra per covardia —va dir Kiefer, espiant l'entorn per les escletxes del vagó—. Tu, no et moguis d'aquí —li va dir al soldat jove, que plorava en silenci, palpant-se la cara amb estupefacció, com absent al que li deia—. Si a l'alba no hem tornat, deixa aquest recer i creua la zona dels ferrocarrils fins a arribar a les nostres línies, cap allà, ¿entesos? Corre i no miris enrere.

A fora, ja era ben fosc. Quan acostumaves la vista, però, t'adonaves que una llum bruta ho cobria tot: esbossat, el paisatge semblava tapat per un drap brut de calç i sutge, i els perfils de les coses semblaven encara més abruptes i esmolats. Al cel, titil·laven milers d'estrelles, dansant en la foscor alta. La lluna minvava. Cap a la banda de la ciutat només es veien magatzems esbotzats i munts de vies mortes, garbuixos monstruosos sobre andanes on no esperaven ni els morts.

—Sortim d'aquí —va dir en Kiefer, i vam saltar de nou a la grava.

Vam caminar ajupits entre els vagons, i vam tornar a endinsar-nos en aquella zona. Havíem d'intentar arribar fins a l'àrea de les fàbriques. Cansats de caminar, vam enfilar-nos sobre d'una draisina i vam fer camí per sobre les vies, cap a les principals estacions. L'assolament era total a banda i banda, per sort la draisina lliscava amb facilitat i sense fer soroll, fendint l'aire sec. Cap a la banda del Volga, segons vam veure mentre avançàvem cap a l'interior de la ciutat, continuaven els bombardeigs: el cel es tenyia d'un roig fumós, i el rebombori arribava greu, defallit i incessant. La draisina no va poder avançar, una bomba havia torçut les vies, i vam caminar fins a un capitonat, ens hi vam tirar a sota i vam veure que a partir d'allà s'entrava a l'estació industrial i a l'àrea dels magatzems.

Vam endinsar-nos fins a arribar a sota d'una alta volta de metall. Vam emprendre per unes vies enterrades i vam endinsar-nos per un túnel, caminant lentament i a les palpentes, fins que per fi vam arribar a una andana. Vam enfilar-nos-hi a sobre i vam entrar dins una saqueria, la vam travessar fins que sortírem a una mena de placeta. Curiosament, allà semblava que no hi havia esclatat cap bomba, per una benevolència de l'atzar els bancs estaven dempeus i els fanals es mantenien drets, envoltats per matolls, cenyint el reducte d'una font seca. Veure aquell paisatge urbà indemne i sota aquella llum de sedàs em va commoure, i me'l vaig estar mirant, traspassat de llàstima, fins que vam sentir que algú s'acostava per l'esquerra. Kiefer i jo ens vam tirar a terra amb cautela, vam desenfundar les pistoles i vam apuntar a la fosca boca d'aquell carreró. Vam contenir la respiració fins que hi vam veure guaitar una estranya presència.

Era una infermera. Va passar a pocs metres de nosaltres i ho vam poder distingir; una dona voluminosa i no molt jove, vestida amb una bata marró ensangonada i amb una mena de lligadura sobre el cap. Caminava pesadament i semblava geperuda: després vam distingir que portava un home sobre seu, a l'esquena, com un sac, un soldat ferit que deixava anar uns laments sense força.

La infermera es va perdre dins un edifici a la nostra dreta, va enfilar-se sobre un munt d'enderrocs i va endinsar-se cap a l'interior de la ciutat. Jo i en Kiefer vam restar una bona estona en silenci, fins que decidírem emprendre per allà on havíem vist sortir la matrona. Ens apropàrem a la cantonada i vam mirar carrer avall: només hi havia la desolació acostumada, però sabíem que al fons d'aquella galeria hi havia el nostre objectiu, la fàbrica de tractors on hi trobaríem una de les nostres divisions. No portàvem el fil de comunicació, però podríem informar de l'estat de l'avantguarda i indicar una possible via d'accés des de les nostres línies. Vam enfilar-nos dins d'un d'aquells habitacles i vam començar a aproximar-nos. Anàvem de casa en casa, entrant pels esvorancs oberts a les parets, arrossegant-nos per sobre dels murs, palpant la ruïna amb tots els membres del nostre cos fatigat. Passàvem d'una cuina a un menjador, i des d'allà a una escala comunal. Tot havia estat triturat, cada racó escodrinyat i remogut, mans humanes havien buscat un mos de pa, una despulla útil, una coartada per sobreviure entre les pedres. Els pocs mobles que hi havia estaven desmuntats, o havien estat cremats a lloc, d'algunes parets encara en penjaven quadres, inconseqüents, paisatges tràgicament ridículs i algunes fotografies familiars. Algunes hores després d'arrossegar-nos vam arribar a l'edifici de l'altra banda del carrer. Vam pujar fins a un terrat i vam veure que hi havia llum a sota, dels edificis de manufactura de tractors n'emergia una claredat de fogueres i focus antiaeris.

Vam serpentejar fins a la balustrada, esperant trobar-hi part del nostre destacament, però vam veure amb horror estupefacte que tot el que hi havia eren soldats russos. Havien recuperat l'emplaçament, la nau de la fàbrica havia rebentat i tot el que es veia era un descampat confús de sacs i màquines bolcades, parapets improvisats, fosos i rases i l'Ivan atrafegat enmig d'aquell paisatge de tenebra, centenars de soldats russos treballant a escarada, reforçant l'enclavament després d'alliberar-lo de la nostra apropiació. Kiefer em va allargar els seus prismàtics, assenyalar-me un punt de l'espectacle. A través dels binocles vaig veure com amuntegaven els cadàvers dels soldats alemanys, desenes d'homes eren apilotats com desferres enmig d'un born, abans se'ls treia l'uniforme i quedaven en roba interior, irrisoris com ninots de fira, desarticulats, molts d'ells ja esquarterats per l'acció de les bombes. Els van ruixar de combustible i els pegaren foc, i una densa olor de carn rostida va arribar fins a nosaltres. No em vaig poder contenir i vaig perbocar en un racó del terrat.

—Han recuperat la fàbrica. A més, han aconseguit fer alguns presoners —em va dir Kiefer quan vaig recobrar el discerniment. I així era: a les portes d'una mena de fortí hi havia una dotzena dels nostres soldats. Estaven de genolls i amb les mans lligades a l'esquena, sense casc i vigilats per un soldat assegut davant seu amb un fusell sobre els genolls, que bevia cada poc d'una botella i fumava un cigar grandiós. Anaven entrant d'un en un, i, després de ser interrogats, sortien morts per l'altra poterna.

Vam estar contemplant el desastre sense saber què fer. Hauríem d'haver intentat tirar enrere i d'alguna manera retornar a les nostres trinxeres, però els carrers adjacents es van omplir de soldats russos, acompanyats per alguns furiosos KV-2, un regiment sencer va prendre la posició i es va dedicar conscienciosament a reforçar-la:

omplien tota la circumval·lació de bateries i barbacanes, arreglaven els fortins i aprofundien les rases amb tenaç dedicació. A poc a poc, el domini es va anar omplint de dones i nens, centenars de civils van començar a comparèixer d'entre els enderrocs, cridats per una tàcita exigència, emergint com aparicions polsegoses de totes bandes, presències atrotinades movent-se amb lentitud i obstinació, que van començar a fer servir les pales i a treballar amb gran perseverança. Elevaven cledes entorn dels nius de metralletes, venien de l'altra banda de la ciutat carregant projectils, armes, planxes de xapa i sacs buits que després omplien amb la terra de les rases i que amuntegaven a les ordres dels soldats entre blasfèmies i càntics i clamors; l'entrega d'aquells civils en la defensa de la ciutat semblava indoblegable.

De sobte, es va produir un gran pertorbació. Per un dels cornalons, acompanyat d'un soldat coix, que disparava enlaire una pistola, va comparèixer un nen molt menut, vestit amb un abric, retallat a les mànigues i arrossegant els faldons, un abric que havia pertangut a un dels nostres. De la mà en portava una cordeta, que penjava baldera del morro d'una vaca bruta i calmada, un enorme animal parsimoniós, un rar supervivent dels bombardeigs, gras i indemne com un ídol. El nen li acariciava el front i el musell, mentre el coix reia, baladrejava i convocava tothom.

I allà, de sobte, es va organitzar un sàbat espantós. Els soldats i les dones van començar a envoltar l'animal, a acariciar-li els flancs amb lenta delectança, semblava que el veneraven, afamats, embruixats pel pes de la carn que es lligava abundosa als ossos del bòvid. Els nens corrien de banda a banda, empaitant-se, volent enfilar-s'hi als lloms, estirant-li la cua amb ímpetu revoltós i golafre. Així van estar, rient i empentant-se, excitats fins que un oficial va desenfundar la pistola i va obrir-se pas a trets fins a davant l'animal. El foc i la nit cobrien el domini de l'escena d'una resplendor encesa i embruixadora. Llavors, l'oficial va actuar d'oficiant i va descarregar un tret al front de la bèstia, que va caure rodona, empesa per una força inapel·lable. Els concurrents van xisclar i sense ordre s'hi abrivaren a sobre, armats amb ganivets i baionetes, empentant-se i rebolcant-se en la sang. Damunt de rajoles i tendals estesos i sobre el terra polsós van començar a amuntegar-se quilos i quilos de tripes escampades. Van tallar-li les potes i van escorxar-les estirant diversos homes amb les mans, fins que va quedar la carn lluent i nua. El greix feia flocs grocs i llefiscosos que de seguida eren tirats dins un bidó i posats a bullir, deixant anar un vapor untós. Els rierols de sang fumosa corrien entre les pedres, tenyint-se de blanc i perdent-se més enllà dels cubs que s'havien disposat per recollir-la. La vaca va ser seccionada en desenes de porcions que corrien amb vida pròpia, animades pel festí, i que eren rostides sobre els calius del foc, clavats a la punta de les baionetes.

El tiberi va durar fins a la matinada. En Kiefer i jo vam consumir el darrer bocí de pa i vam decidir tornar enrere abans de la sortida del sol. Vam refer els nostres passos, aprofitant la calma de la fartum de l'Ivan i vam tornar fins a la planícia de les vies. Vam buscar el vagó on havíem deixat el soldat jove; quan el vam trobar, el sol ja era ben alt: ell era mort d'un tret a la boca. S'havia disparat, angoixat de por; per tota aquella part del comboi hi havia gleves de sang i porcions de la seva cervellera. Ens vam tirar a terra i vam agafar alè, la desesperació començava també a fer presa de nosaltres. Un cel calitjós deixava traspuar una llum de plata, el matí era fred i sobre nosaltres passaven els avions, inflant-nos el cos de soroll.

De sobte, estirat a terra, vaig sentir el meu cor agitant-se i revoltant-me tota la sang de l'organisme. Vaig començar a xisclar i a rebolcar-me, em va agafar una mena de furor i semblava que el cap m'hagués d'esclatar. El brunzit dels Stukas m'entrava pel nas i els ulls, em cremava les orelles, em feia sentir-me esqueixat. Imatges del que havia viscut durant aquell dia es mesclaven amb els pitjors records del darrer any, em pesaven a dintre com el pes de mil tones, i m'obligava a estremir-me, a estirar-me els cabells, a fer escuma per la boca i a bramar. No volia seguir, havia viscut prou desastres i dolors per adonar-me de l'enorme error a què estava condemnada la meva existència. Em vaig treure la pistola del cinturó i vaig disposar-me a volar-me també el cap, però Kiefer em va fer perdre el sentit amb un cop de puny a la mandíbula.

Quan vaig tornar a cobrar el sentit em trobava a la seva esquena, ell m'havia carregat i travessàvem a trot el terreny que portava fins a les nostres trinxeres. Els avions ens seguien sobrevolant, i al nostre voltant anaven caient obusos i trets que percudien contra el fang i la ferralla. Un tret entre les cames, i, com a resposta, una bomba, un espetec intens, una línia de guspires blaves i vermelles, que s'encenien i s'apagaven sense parar, i tot plegat tan a prop que podia veure i sentir al mateix temps les flames, les detonacions dels tirs i l'esclató de les bales. Em sentia totalment destarotat, però vaig aconseguir mantenir-me dempeus i avançar corrent rere seu, les cames gairebé no m'obeïen, però la por i l'acorament s'havien apoderat de mi i em feien marxar. Giravoltava tot al meu entorn, la fúria de la guerra i de la mort, l'instint de conservació i la bogeria: l'entestament a persistir feia viure la desgràcia, la nodria, enfortia cada un dels esclafits. Sentia el cap a punt de rebentar, la boca seca, els membres anorreats. Esquivàvem els centenars de cràters i ens tiràvem per terra, a tocar dels cadàvers, sentint la seva pudor feridora, creuant la mirada amb els seus ulls glacials, tous i sense brillantor, veient els seus rostres d'un groc grisenc, ferruginós, cares petrificades en un darrer gest d'esmarriment, el vertader semblant de l'horror i de la vergonya.

Per fi vam llançar-nos dins una de les nostres trinxeres. Ho havíem aconseguit. Ens arrossegàrem defallits fins als peus d'una baixa avantmuralla i vam estar-nos allí fins que van venir a rescatar-nos. Algunes hores després, estàvem els dos dempeus davant d'un oficial, el comandant Kropp. En Kiefer es va encarregar de relatar-li la nostra aventura, ometent, però, els detalls que ens podrien fer merèixer l'acusació d'indisciplina.

—A la reserva! —va lladrar Kropp, un homenot voluminós, panxut i amb bigotis engomats, un oficial excitat, per qui la caiguda de Stalingrad era quelcom d'imperiós—. Incorporeu-vos al vostre batalló, fora de la meva vista!

Ens van portar, per fortuna, lluny de la primera línia de trinxeres, a l'altra banda del Don. Havien omplert de barraques i tendals un vilatge a molts quilòmetres del front després de reclutar tots els seus habitants, per ferlos cavar les llargues i profundes fortificacions d'avantguarda. Allà, hi havia dues companyies de fusellers i una d'artilleria. A punt d'entrar en combat, aquells homes s'estaven frissosos, amb la mirada sempre inquieta, veient que l'hivern s'acostava i que la ciutat resistia sense caure'ns a les mans. Molts d'ells eren soldats de lleva, nois de vint anys vinguts de feia poc des d'Alemanya, reclutats forçosament, enganyats i portats a l'escorxador. En Kiefer i jo els miràvem, estirats i exànimes sobre dels nostres matalassos d'espart.

—Mira't aquests nens! N'hi ha que encara no s'afaiten —em deia Kiefer, assenyalant-los amb adolorit desdeny—. Molts d'ells moriran sense saber per què. Almenys tu i jo sabem que tot això és una bogeria, ¿però ells? Pobres... Creuen que lluiten per la glòria del Reich, per eliminar els jueus i els comunistes i fer gran la seva pàtria. Alemanya ho és tot i ells no són res. Tot pel Reich; la sang pel nostre poble. Destruir, matar. Ningú hauria de consentir coses com aquestes. Carnassa sobrant que l'aboca al triturador, això és el que són, res més, homes que moren per no-res, per al plaer de mitja dotzena de bojos. Almenys tu i jo sabem que només estem aquí per salvar-nos. Només això té sentit, viure. Esquivar la mort i intentar tornar a casa...

Més enllà del vilatge, només hi havia l'estepa. Res de boscs, simplement la planura idèntica a si mateixa en una infinita extensió d'herba que aviat va ser coberta per la neu. I amb la neu, van començar a fallar les provisions. No ens arribava el menjar més que un parell de cops a la setmana, a vegades a sobre de camells; el fred començava a fer-se insuportable, enmig de l'altiplà no hi havia llenya per cremar i la que ens arribava era tan dolenta que no volia escalfar-nos. Tot el que hi havia per fer, allà, estirats dins els estables, coberts de mantes fins al nas, era esperar: es feia córrer la brama que Stalingrad cauria ben aviat, i així ens ho deien els oficials, sí, que quedava ben poc, i només això ens donava una excitada esperança. Però aquest fet no semblava agradar a molts dels joves de la lleva, tan desitjosos d'entrar en combat que intentaven fer incursions més enllà del vilatge, tot perquè imaginaven que sorprendrien un atac de l'enemic. Estaven àvids de mort, anhelaven disparar, llançar granades, córrer cap als coets *Katiusha* i enfonsar les enormes barcades que creuaven el Volga carregades amb l'Ivan. A alguns d'ells, però, no els vam tornar a veure, s'havien perdut en la neu o havien estat atacats pels partisans en allunyar-se de la reserva, però els altres tornaven horroritzats després d'assabentar-se de les darreres notícies.

I és que sabíem com anaven les coses: la Muntanya 102 havia estat presa i algunes hores després s'havia perdut, després s'havia tornat a prendre i ja es dominava tota la ciutat, gairebé tota era nostra, se'ns deia, encara que continuava sense rendir-se i engolint cada dia centenars de milers dels nostres soldats. Era una batalla de desgast, una bogeria inacabable, porfidiosa, immunda, feta de mines i trampes entre les runes, de nens corrinyant amb menjar entre les trinxeres i més enllà dels suburbis, on saquejaven el que pogués quedar dins les restes dels trens bombardejats. I els franctiradors, que es feien cèlebres i eren condecorats per matar-nos d'amagat, camuflats, dies i dies, entre la pols, la ferralla i les rates: Herois de la Unió Soviètica, Orde de la Bandera Roja, centenars de morts deguts a les mans d'uns quants homes, els ferotges ullals de la ciutat. El temps passava i les forces s'anaven concentrant a Stalingrad, mirant d'assolar l'enclavament fins al Volga.

A la reserva, ens arribaven els ferits de menys consideració, homes espantats, amb la ciutat gravada en el fons de cada línia de la cara. Explicaven històries terribles, atrocitats sense límit, molts d'ells s'havien disparat a la mà per poder abandonar les trinxeres del front, farts i alienats pels bombardeigs dels U-2 i per la pèrdua de gairebé tots els companys de les seves companyies. Eren homes forts que creien en l'honor, en la pàtria i l'obediència, però que s'estaven enfonsant.

Així un home alt i arestós, amb la cara gran i musculosa, que es deia Mevius, i que fitorava el que l'envoltava amb uns ulls negres i rodons, que em recordaven dues olives pansides. En la seva mirada encara hi tremolava la ciutat amenaçant, l'enormitat del perill sempre a l'aguait i el pesar estupefacte del supervivent.

—Vaig estar cinc dies envoltat de morts —contava a qui volgués escoltar-lo, amb la veu tremolosa i veient caure la neu—, al fons d'un baluard on hi havia caigut un obús. Al meu costat, va morir el meu germà, amb el cap esborrifat per una biga. Els homes van començar a disparar per les troneres, sense saber a què es dirigien, ja que l'Ivan atacava de lluny, amb els coets amagats en la distància de les fàbriques de claus. Vam quedar tancats en la posició, sense poder demanar ajut, sense comuniració ni proveïments. Vam acabar l'aigua i havíem de refrigerar les metralletes amb pixat. Al tercer dia la pudor i la fam eren insuportables. Els homes, morts de ràbia, van decidir lliurar-se a l'enemic, entregar-se, però de seguida que s'atrevien a sortir queien, ferits de mort pels franctiradors. Els seus precs eren inútils. Jo i tres homes més vam ser els únics que aconseguírem escapar. Vam estar dos dies perduts per la ciutat, sense menjar altra cosa que ortigues, enterrats de dia i arrossegant-nos de nit, fins que vam arribar a un camp de mines. Només jo vaig sobreviure. Ens llançàrem a córrer com feres, sense altra esperança que arribar a les rases des d'on ens escridassaven els nostres companys. Els altres dos homes van trepitjar una mina i volaren pels aires, desmuntats com ninots.

Mevius va ser arrestat pocs dies després d'arribar. Els soldats joves contaven als oficials les seves històries, demanant-los si eren veritat, àvids de conèixer què els esperava en el front. A Mevius se'l va acusar de derrotisme i de desmoralitzar les tropes, i juntament amb altres membres del batalló de reserva va partir destinat al front dels romanesos, adjunt a una divisió de cavalleria que defensava l'eix del nord.

VII

L'hivern seguia queixalant-nos. Cobria l'estepa una boira gelada, que es resolia en una neu blana i tova i impossible de trepitjar. Començava l'octubre i la guerra semblava parada. Ens vam incorporar a un batalló de fusellers i ens destinaven a una petita ciutat de la planura, als afores de la qual hi havia un camp de presoners, la custòdia del qual ens va correspondre. Els avions seguien destruint la ciutat; vam conèixer pilots que es queixaven del mal temps, però que afirmaven orgullosos que la feina estava feta: pràcticament no quedava res dempeus a la ciutat, el Volga estava gelat i cobert per plaques de gel tan gruixudes que s'estellaven sorollosament quan volien obrir-se pas amb els pontons i les barcasses. Seguien passant soldats i municions, però moltes de les dragues eren enfonsades a mig camí, el riu anava tan ple de cadàvers, fins i tot es deia que aquests ja arribaven fins al mar.

Els aviadors eren els herois del nostre bàndol, els portadors de l'esperança en la rendició. Tenien el camp d'aviació a pocs quilòmetres de nosaltres, i amb ells compartírem aquells dies de vida a la rereguarda, amb les promeses i les preocupacions. Un d'ells va fer-se amic d'en Kiefer, que li aconseguia ampolles de licor d'un barrisc trobat dins el soterrani d'una caseria. Es deia Bartels i tenia un perfil d'ocellot de presa, els ulls decidits, i el cabell d'un blanc canós tot i ser encara jove. Havia demanat ajut per encendre foc sota el seu avió, ja que el fred congelava els motors, i el nostre capità ens hi va enviar a nosaltres. Amuntegàvem llenya sota el morro del seu Stuka i l'aflamàvem fins que el metall de sota començava a crepitar; era una manera d'estar calent, però enmig de la pista i de les ventades, i és que la llenya per aquella tasca era millor que la que es destinava a les tropes. Bartels tornava de les seves incursions totalment esgotat, s'asseia en un racó de l'hangar, vora una salamandra fumosa i guspirejant, i bevia d'aquell licor mentre s'escalfava:

—La visibilitat és mínima —deia, quan no havia pogut atacar—. No es veu res a un parell de metres, és un suïcidi enlairar-se.

Però si el cel estava mínimament clar, tornava amb bones notícies, que de seguida corrien com la pólvora entre els batallons, deduint de les posicions afigurades per l'aviador una garantia que l'enemic no tenia defenses ni bases sòlides amb les quals acabar impedint les nostres ràtzies.

—Els morts s'amunteguen a milers a les voreres del Volga —deia, i tots se l'escoltaven amb emoció—. Les desercions són massives, cada dia es canvien de bàndol centenars de russos, però en ser descoberts són disparats durant l'escapada des de les seves línies. Vaig assistir a l'interrogatori d'una «llengua» —una «llengua» era un soldat rus fet presoner per obligar-lo a parlar—. Deia que es volia fer dels nostres perquè els comissaris de Moscou li havien fet enterrar la família d'un desertor. Sí, imagineu-vos-ho, també les famílies dels que han desertat per sobreviure pateixen la repressió, són castigades igual que ho serien els covards, tot per persuadir-los que no abandonin les línies. Tots estan morts de por. Sé que hem tingut moltes baixes, però us asseguro que som invencibles. Ben aviat, tot això acabarà, Rússia serà part del Reich i la nostra glòria farà empal·lidir les estrelles.

Els que se l'escoltaven ho feien traspassats de delectança. Cada una de les seves notícies i històries era contada i tornada a contar, se superposava a d'altres relats que ens arribaven de les trinxeres o dels hospitals, anava desdibuixant-se i enriquint-se fins a formar una narració èpica i tumultuària, a la mida de les perspectives de triomf. Alguns, com Kiefer, es mostraven més escèptics, escoltaven aquestes històries des d'una certa distància: feia un any que havíem sentit el mateix, Moscou també havia de caure i havia aconseguit expel·lir-nos. Si Kiefer s'atrevia a mostrar-se reticent, però, se li enumeraven les forces alemanyes, hongareses, romaneses i italianes que dominaven mig país. Es deia que els russos no tenien tancs, que feien lleves forçoses de dones i nens per enviar-los al front.

Porzio, el sapador italià, havia corregut pràcticament la totalitat de les nostres posicions sembrant camps de mines, havia vist amb els seus propis ulls totes les divisions. Amb la seva mà mutilada dibuixava en la neu un mapa de la regió i ens il·lustrava sobre l'emplaçament de les tropes:

—Tenim divisions pertot —deia, amb un aire victoriós i segur—. És impossible que perforin les defenses. Aquí hi ha els romanesos; aquí, regiments d'artilleria, aquí, dues divisions blindades i tres d'infanteria; aquí, tres batallons d'artilleria pesada. I aquí...

Tot i això, els ànims eren desiguals. Es confiava en la rendició, però els que havien assistit a les lluites en primera línia sabien que l'Ivan es defensava com un gos, afirmaven aterrits que mai no es rendia: les històries sobre les heroïcitats dels franctiradors van arribar fins a nosaltres a través de la premsa russa que s'aconseguia requisar o interceptar. Aquells homes van matar centenars de soldats; igual que els artillers dels canons antiaeris que havien fet caure més avions: eren condecorats i rebien els millors honors, les seves gestes animaven els civils a allistar-se. La propaganda russa funcionava a les totes, per això es va decidir, des del nostre Estat Major, posar altaveus orientats cap a les seves posicions, mitjançant els quals se'ls convidava a rendir-se o a canviar-se de bàndol. Vaig sentir algun d'aquests discursos quan van enviar-nos un altre cop a Stalingrad, a buscar bigues de ferro amb les quals reforçar les casamates. Els altaveus ressonaven en el panorama de runes, un suau talc negre surava en l'aire gelat, com la tinta d'un calamar, tenyint de gris la neu que embolcallava la trencada immensitat de la desolació.

Ens posàvem abrics blancs i feinejàvem en els barris ocupats, carregant camions, sentint aquella veu durant hores, requisant tot el que ens pogués ser útil per passar l'hivern i resguardar-nos dels atacs per sorpresa. Temíem, a pesar del domini aparent en tota la ciutat, que els franctiradors ens arribessin, ja que havíem vist caure al nostre costat homes amb un tret al front, provinent d'algun punt inabastable. A vegades vèiem acostar-se amb la bandera blanca algun grup d'homes afamats, ferits i coixejant, amb els rostres congestionats pel fred, esperant rebre les provisions i la calor que se'ls havia promès des de la propaganda. La majoria d'ells, però, serien primer interrogats; si estaven ferits, se'ls dispararia enmig de l'estepa fent-los creure que se'ls portava a l'hospital, mentre que els altres serien engabiats al camp de presoners, on durant unes setmanes jo i en Kiefer vam haver de vigilar-los.

Era un espectacle espantós. Els dos havíem patit en pròpia pell la desgràcia dels camps que dirigien els nazis a Alemanya, però ara que vèiem allò se'ns omplia el cor d'un dolor repugnant, avergonyits d'haver de participar com a carcellers d'aquella salvatjada. Abans havíem estat torturats i reclosos; presoners humiliats, sabíem el gust agre de l'horror i la crua indignitat de sobreviure, però allò era, si és possible, pitjor, molt pitjor, inesgotablement pitjor: aquells homes eren deixats a la intempèrie, se'ls tancava entre altes barreres de filferro enmig de la planura, abandonats sense abrigalls ni altre menjar que les ollades de sobres indignes de qualsevol feristela que, cada parell de dies, se'ns autoritzava a deixar a les portes de la closa. I els vèiem esparracats, vestits amb la roba dels cadàvers, inflats i boteruts i sense dents després de tants dies de passar gana, caminant d'aquí a allà, amb caramells de neu penjant-los de les gorres i dels faldons de l'abric. Se'ls veia desesperats i famèlics, gemegosos i empaitant-se els uns als altres de pura desesperació. Per mitigar el fred es colpejaven a l'esquena, intentaven córrer o gratar el terra amb les mans ensangonades per enterrar-s'hi a sota i resguardar-se de la insuportable gelor. Havien aconseguit aixecar un talús de terra, neu i cadàvers, i s'hi arraulien a sobre, a l'esquena del vent. Dormien sota els morts, cobrint-se amb els cossos, començant a esbocinar-ne les mans per menjar-se'n els dits. Quan arribava la pitança, aquells homes eren foragitats a trets per la brigada de torn per fer-los retrocedir; després, es deixaven les olles allà enmig, fumoses i repugnants, emetent una olor penetrant i seuosa, de tripes de cavall o de cuir bullit amb greix de bou, fins que la brigada retrocedia i tornava a tancar-los. Veure'ls afanyar-se per arribar fins a l'olla era assistir a una desfilada aterridora, corrien com ressuscitats alliberats d'una tomba, amb els braços estesos cap avant, balders i malgirbats, s'empentaven i s'etzibaven colzades i puntades de peu, es feien la traveta i es passaven per sobre, udolant com llops de la desolació de l'infern. En arribar a l'olla, els més avantatjats començaven a remenar-hi, els era indiferent que cremés, agafaven, amb els dits tumefactes i guaitant dels ratats guardamans, qualsevol pelleringa llardosa i l'aferraven amb les dents, remenaven el cap i xisclaven, s'ho empassaven furiosos i encamellats.

Les nostres racions ja eren prou limitades, passàvem gana durant alguns dies per les dificultats de fer-nos arribar els proveïments; els cavalls i els camells trigaven a venir, a més, en primer lloc havien d'alimentar els ferits dels hospitals de campanya i abastir les posicions d'avantguarda, i moltes vegades els camions s'avariaven o quedaven empantanats en la neu. Els trens amb combustible no arribaven. Els avions de reconeixement ens llançaven saques i fardots, però havíem d'anar a recollir-los enmig de la planura.

En una nit endimoniadament ventosa el vam sentir sobrevolant-nos. Érem dins un graner, intentant dormir envoltant els carrers calius d'una fogata de matolls, quan va volar per sobre de la nostra teulada. De seguida vam saber que havia deixat caure queviures. Començava a llostrejar, l'estepa va amortallar-se d'una llum de vinagre.

El capità va ordenar-nos que els anéssim a buscar. Érem sis homes famèlics, feia dos dies que no menjàvem altra cosa que pa de munició i sopa insípida, mentre ens limitàvem a esperar missatgers i a muntar guàrdies tremoloses. Vam començar a buscar amb les primeres llums, enmig d'un ventijol dolorós; la blancor ens encegava i temíem els partisans, que segons ens deien eren responsables de moltes desaparicions: s'havien trobat alguns dels nostres soldats degollats als afores dels vilatges, la qual cosa propiciava que es fessin massacres entre els camperols, molts dels quals ens ajudaven, i que eren acusats de sabotatge. Vam seguir girant en la neu, buscant els paquets, amb el fusell apuntant la boira densa, atemorits i avançant en arc, sense perdre'ns de vista, ja que a pocs metres tan sols es distingien ombres grises en la neu, impossibles de destriar d'un enemic. Aviat la boira va aixecar-se i el cel va mostrar-se d'un blau somort, sostingut en una llum pàl·lida. Seguíem sense trobat les provisions, només la planura infinita, l'abraçada de claredats esllanguides en l'horitzó. Finalment, cansats de vagar, vam acostar-nos al reixat dels presos.

Els paquets hi havien caigut a dintre. Rere les reixes vam veure els reclusos per terra, havien desfet els farcells i s'havien omplert la boca amb el primer que trobaren: farina, embotits, xocolata i tabac de mastegar, tot estava escampat per terra, matusserament devorat. Ells semblaven dormir; algun encara mastegava amb el rostre aixecat cap al cel, enfilat sobre els sacs rebentats, desidiós i alienat i amb la boca regalimant-li una massa oliosa. Dels pocs homes vius del reclòs, però, després d'aquell tiberi caigut del cel, pocs van sobreviure, la fartum els va matar, havien desacostumat l'estómac al menjar i van morir ennuegats, rebolcant-se per terra enmig de dolors insofribles. Nosaltres vam carregar el que quedava dels farcells i vam tornar al campament, on el capità, assabentat del pillatge, ens va castigar durant una setmana a cavar rases de protecció entorn del bivac.

Durant el final d'aquell mes, ens vam dedicar a recórrer el setge a la ciutat des de darrere de les nostres línies. La nostra missió consistia a reforçar les casamates, ajudar en la rereguarda i esperar per entrar ben aviat victoriosos a la ciutat. Cada dia vèiem com hi eren enviats batallons i divisions d'infanteria, ajudats pel vol dels Stukas del VIII cos aeri, i com tornaven, dies després, a mitges, malaltissos, minvats i amb l'espant tatuat en el rostre. L'exèrcit dels russos es feia fort a les seves trinxeres, un entramat impenetrable de soterranis i búnquers recorria la ciutat, que seguia vivint gràcies al trànsit del Volga. Les posicions fluctuaven; el matí s'abolia una cunya als peus del Mamaev Kurgan i a la nit els russos havien refet les posicions; una divisió de fusellers de l'Ivan feia setmanes que resistia rere una fàbrica de claus, sense menjar i pràcticament sense munició, però continuaven sense rendir-se. Tostemps arribaven notícies contradictòries: s'enfonsaven a canonades els vaixells trencaglaç i els vapors que travessaven tropes d'una banda a l'altra i s'emportaven després els ferits de tornada, però l'endemà les posicions estaven de nou plenes d'homes, sorgits de no se sabia on, apareguts com talps d'entre les runes. Mentrestant, però, els nostres batallons als afores de la ciutat anaven quedant fora de combat, la mortaldat era enorme, a més de la desmoralització i les epidèmies, que començaren a mossegar-nos a causa de la mala qualitat de l'aigua i el menjar. Gairebé tots anàvem de caguetes, havíem d'abandonar les trinxeres, la guàrdia o el joquiner per córrer a les latrines, on l'olor era tan forta que era capaç de fer-nos perdre el sentit. Els hospitals de campanya no donaven abast, jo i en Kiefer ens hi arribàvem a visitar algun company que tornava ferit de la ciutat, i el que vèiem bastava per desmoralitzar qualsevol gosadia: els membres amputats s'amuntegaven per terra, enmig de bassals de sang i pus, mentre que els soldats moribunds eren abandonats a fora, a la neu, perdent sang pel ventres oberts, emblavint-se i xisclant per a ningú, ja que els infermers i els metges no podien assistir-los. De seguida que un d'aquells nois moria, li eren tretes les bótes i l'abric, peces que corrien entre la tropa com el que eren, un tresor de primera magnitud i gràcies als quals algú podria millorar la seva situació.

Els dies anaven passant enmig d'una tensió ansiosa, sota cada una de les nostres parpelles hi pesaven tones de son, una debilitat excitada ens tenia sempre en joli, a l'aguait de les comunicacions. Tanmateix, agraíem no haver de tornar a la ciutat per fer cap ofensiva, i ens ocupàvem traginant ferits, millorant les trinxeres o ajudant a arreglar els tancs, dels quals mai arribaven els recanvis. Era, la major part del temps, com una treva, com si la neu hagués gelat els mecanismes de la mort no per deixar-nos escapar, sinó per poder agafar-nos amb més força a causa del nostre esllanguiment. Una immobilitat metàl·lica s'apoderava de tot, el fred ens convertia en ninots animats per una tossudesa irreflexiva, desesperançats i grollers sota el cel biliós, trencat pel vol dels avions o dels corbs que anaven a espicossar els ulls dels morts que jeien nus en terra de ningú, esperant que algú es jugués la vida per anar a recollir-los. Passaven al trot homes que portaven ordres i noves informacions, enfilats dalt dels cavallets peluts i robustos, cavalcadures requisades als camperols, que sacsejaven la crinera salvatge i esbufegaven i deixaven anar raigs blavosos pels narius en parar-se davant d'un fortí, on el missatger entrava a lliurar un cartipàs amb documents xifrats, ocult dins d'unes beaces.

L'espera posava nerviosos els oficials, que es passaven els dies escridassant-nos. Era com al camp de concentració, de tal manera que havíem de fer-nos invisibles; la picaresca del soldat era l'única manera de persistir sense embogir o tirar-se un tret a la templa, o acabar disparant al capità, que ens insultava com un dement mentre ens ordenava les feines més ridícules: a les palpentes, pels carrers bonyeguts d'un poblet atrotinat, carregàvem sacs de terra o civada per als cavalls, que reposaven en llocs més còmodes que nosaltres, i sense ser insultats ni amenaçats.

A mitjan novembre, van començar a córrer rumors. Es deia que l'Ivan s'estava enfortint i que preparava una ofensiva. S'havien capturat algunes «llengües» que així ho deien, i les seves paraules eren repetides fins a la sacietat per algú que havia conegut algú que havia assistit a l'interrogatori, paraules que corrien de trinxera en trinxera, contades un cop i un altre, d'emplaçament en emplaçament en una missatgeria tan ràpida com la dels cavalls o els camions. La incertesa, les perspectives, els nervis i la por ajudaven a fer córrer tot tipus de llegendes. N'hi havia que deien que vindria la Luftwaffe, que ja s'acostava amb milers d'avions des d'Alemanya, centenars d'esquadrons que taparien el cel i que assolaria definitivament Stalingrad, forçant la rendició definitiva. Els més ingenus ho afirmaven amb convicció, perquè deien que s'havia sentit la nova en boca d'un oficial, i per això sortien als afores dels vilatges a espiar el cel, amb el miratge sonor dels motors dels avions a les orelles, imaginant-se que ja venien, que començaven a despuntar en l'horitzó. Això creava una espècie d'il·lusió col·lectiva, els homes es passaven hores esguardant la llunyania, fins que arribava un punt en què els semblava que veien i sentien les esquadrilles en formació, perfilant-se en el blau argentí del sotacel. I el soroll només era el buf dilatat del vent de la planura, un vent rancorós, alt, sempre embolcallant-nos, carregat de la pols d'una neu de finor d'aranya.

Algunes setmanes després d'haver escoltat aquells relats, ningú ja no se'n refiava, eren tantes les novetats i tan mínim el canvi que les històries van acabar sent una font més de desesperació. Al final, ja eren pocs els que volien escoltar-les. I fins i tot van deixar de prendre's seriosament els rumors d'un possible i massiu contraatac. Llegendes, semblaven, perquè no arribava ni la més mínima advertència de canvi. Amargats, deixàvem que el temps ens rosegués, esquivant el fred i lluitant contra la gana.

I va ser per això que, al principi, no ens ho vam creure. L'Ivan havia començat un contraatac: una més de les llegendes. ¿Com era possible? ¿Com podien atacar si tot el que tenien eres soldats emmagrits, runes i fàbriques de tancs destrossades? ¿D'on havien sortit les seves forces? Molts se'n reien quan sentien les notícies, capcinejaven escèptics; les ràdios i els missatges fiblaven amb els nous comunicats:

—Un atac al nord! En el front dels romanesos! —deia una veu.

—Els romanesos! —responia algú des d'un fossat—. Aquests lluiten com feres! És impossible que cedeixin les línies! Són una colla d'animals!

Però dos dies després, de matinada, n'arribaren alguns a cavall; arribaren extenuats, amb el gel cobrint-los el rostre, en una nit havien fet més de cent quilòmetres. Van anar a parlar amb els oficials, però ben aviat els rumors van començar a circular:

—Es parla d'un atac dels russos —em va dir Kiefer—, pel nord, Walter. Han trencat les defenses. Els romanesos no han pogut resistir. Els han envestit amb milers de canons i tancs amb un exèrcit reforçat, ben equipat i nombrós. El cos romanès ha estat aixafat després de dos dies de defensa. Ara, diuen que vénen cap al sud! Cap a nosaltres!

Ningú sabia què fer. Els oficials no responien, semblava que esperaven ordres o un miracle, però els nervis i la irritació es palpaven en l'ambient, tots volien fer alguna cosa, el que fos menys seguir immòbils, esperant que ens sorprenguessin enmig d'aquell vilatge desarmat, incapaç d'aguantar una vertadera ofensiva.

Algunes hores després, van arribar camions carregats amb documents i equipatge personal dels oficials romanesos. Els seus quarters generals havien estat abandonats a la desesperada, la situació començava a ser catastròfica; els homes van arribar poc després, restes de divisions de cavalleria, els pocs que havien sobreviscut havien partit en una furiosa desbandada. Eren un centenar de romanesos, alguns d'ells ferits de mort, carregats en camions, homes torbats i rancuniosos, amb la imatge de les enormes columnes de tancs russos gravades a la retina, als pòmuls descarnats, i que ens odiaven per no haver-los ajudat; encara que alguns dels seus companys no havien dubtat a rendir-se i lliurar-se a l'exèrcit de l'Ivan. Tot el que volien, després del llarg combat, era descansar, menjar alguna cosa, tirar-se a terra i adormir-se. Però la nostra situació començava a ser temerària. L'endemà es va dir que l'Exèrcit Roig no només havia atacat des del nord, sinó que també es contava d'incursions en molts punt de la nostra rereguarda: atacs aquí i allà que portaven de bòlit el quarter general, que no sabia com organitzar la defensa. Rumors discordants, desordre, corredisses i inquietud, això era el que s'endevinava. Es deia també que la lluita a la ciutat havia estat interrompuda per part del nostre exèrcit, massa ocupat a fer front a les sorpreses que ara ens cremaven la cua.

Aquell migdia, però, el terra va començar a tremolar. Un rebombori ubic, fondo, greu, feia que la neu s'obrís, els bassals amb aigua gelada s'esberlaven davant els nostres ulls, la campana celeste sembla a punt de trencar-se, era com un terratrèmol, una agitació que s'encomanava a tothom i ens posava en tensió. Van sonar canons en la distància, els confins s'obrien i mostraven unes intimidants dents de foc. Els oficials van ordenar la partença; en menys d'una hora els tindríem a sobre i no els podríem fer front; havíem de retrocedir i unir-nos a més de les nostres divisions i intentar acarar-los amb garanties. El caos va apoderar-se de la tropa, tothom arreplegava el seu equip i pujava als camions, però ben aviat es va veure que n'hi havia alguns, a més de tres tancs, que no arrancaven: els ratolins hi havien niat a dintre i menjussat els cables, fent malbé els sistemes d'arrencada. Les malediccions van ser furibundes, els oficials culpaven els enginyers; aquests es disculpaven dient que estaven a l'espera de recanvis.

—Foc a tot! —lladraren després els oficials, ordenant que fossin buidats els dipòsits dels vehicles abandonats—. Foc, ruixeu les cases, que no quedi res quan arribin!

I és que no hi havia temps per carregar-ho tot; en les mans dels russos no hi podien caure documents, ni les ràdios ni els tancs espatllats. Vam incendiar les cases i els vehicles i els sapadors van posar algunes mines antitancs, i vam partir cap al sud, veient com el vilatge cremava a la nostra esquena. Alguns havíem d'anar a peu, no hi cabíem tots als camions i havíem de fer torns per a pujar-hi, el camí per l'estepa era accidentat, ple de neu i barrancs que s'obrien davant nosaltres i que no podíem advertir a causa de la boira baixa i el plugim. Vam trobar altres emplaçaments abandonats, no havíem estat els únics a deixar les posicions i partir cap el sud: allà, els cavalls vagaven sols enmig de l'estepa, ben aviat moririen de fred i de fam, els canons que no havien estat capaços d'emportar-se havien estat primer inutilitzats, així com dos camions, que encara fumejaven, i dels quals se n'havien extret les rodes.

A les tres del migdia ja era ben fosc; però no podíem aturar-nos, havíem de seguir, ja que acampar enmig de l'estepa per a passar-hi la nit equivalia a exposar-se a ser descobert per l'enemic o a morir-se de fred a causa de la manca de mitjans per acantonar-se. Vam seguir avançant en la nit fosca, sota l'extensió d'un cel baix i aquilotat, ple de núvols vermellosos. En la llunyania es distingien focs i fumerols, i no sabíem si a causa del combat o de l'escapada cap a noves posicions. El camió on anàvem va acabar el combustible i vam haver d'abandonar-lo després de fer-lo esclatar. Algunes hores després, quan ja despuntava l'alba, vam trobar un oficial d'enllaç, que recorria l'estepa muntat a cavall, amb notícies dels fronts atacats.

—Han envestit des del nord-est i el sud-est —va dir panteixant—. Han fulminat batallons sencers, les bretxes són enormes, tothom es replega cap a la línia del Don, cap a Kalach. Aneu allí a preparar la defensa!

A Kalach hi havia el pont que travessava el riu; i aquest era un punt de comunicació vital entre els dos grans sectors del nostre exèrcit. Si es perdia, quedaríem atrapats entre dos rius, enmig de l'estepa, entre el Don i Stalingrad.

—Estan envoltant-nos, pots estar-ne segur —em va dir Kiefer quan vam arribar a Kalach—. Ens preparen una bossa entre el Volga i el Don; si hi caiem a dintre, amb la ciutat a l'esquena, estem perduts, t'ho asseguro. Serà la nostra fi.

A Kalach, regnava el caos i la descoordinació. Era un ciutat que havia estat ocupada de manera brutal: molts dels seus habitants originaris havien estat afusellats o reclutats a la força per a treballar per a nosaltres a les seves fàbriques, on s'arreglaven vehicles o es preparava munició. Moltes cases havien estat enderrocades per a preparar la defensa del pont. Ens vam incorporar a una subunitat i vam intentar organitzar-nos, però les armes eren escasses. Vam aprofitar una bateria antiaèria, però els homes d'artilleria no donaven l'abast. Tot el que hi havia eren tropes encarregades de proveïments i manteniment, a més de romanesos escapats d'un atac al sud de Stalingrad.

—Ara ja no hi ha dubte que ens encerclen! —va dir Kiefer.

—Si perdem el pont, estem acabats! —vam sentir xisclar a l'oficial que intentava organitzar-ne la custòdia.

Es van prendre posicions a banda i banda del riu, on hi havia quatre emplaçaments antiaeris de la Luftwaffe, a més d'alguns canons mal distribuïts. Nosaltres vam ser destinats a la ciutat, quedant per a defensa del pont tan sols una vintena d'homes. Aquella nit, ningú va poder dormir. Ens trobàvem dins un teatre, un pati de butaques d'on aquestes havien desaparegut, més d'un centenar d'homes acuitats pel fred, tirats per terra dins la tèrbola penombra dels llums de gas, esperant que sonés l'alarma per recobrar les posicions a fora: s'havien tallat els carrers i fortificat les posicions més avantatjoses, però tothom sabia que la jugada crucial es decidia en el pont, on els tancs havien de ser obligats a retrocedir o ens anihilarien. A l'alba, jo i en Kiefer vam anar cap a la nostra posició, en un alt carrer transversal que ens concedia una bona visió sobre la passarel·la. No teníem canons, només alguns llançagranades i morters, però se'ns havia ordenat de restar allà, rere els sacs terrers, intentant ajudar en la defensa.

—S'estan posant càrregues per volar el pont! —deien els soldats vora nosaltres, assenyalant el tràfec dels sapadors, que col·locaven càrregues de dinamita a les bases i lligaven els fils cap als detonadors—. Abans volar-lo que cedir-lo a l'enemic.

—Ressagats! Podran ajudar-nos! Visca! —va dir un altre home, proveït de prismàtics, esguardant la llunyania. S'acostaven dos dels nostres tancs, acompanyats d'un vehicle de reconeixement. Arribaven calmosos, amb els focus encesos, i no semblaven acaçats. Van passar sobre el pont, però, quan van ser a l'altra banda, van començar a disparar sense clemència: eren russos. S'havien apoderat d'alguns dels nostres vehicles abandonats i ara ens sorprenien en una furiosa emboscada. Els soldats del vehicle de reconeixement fins i tot vestien el nostre uniforme. La guàrdia del pont va ser eliminada, des del Panzer es va fer volar un niu de metralletes, a més del refugi des d'on vigilava un dels nostres canons. L'intercanvi de foc era ferotge; nosaltres disparàvem estúpidament contra l'escomesa, tanmateix, les nostres granades esclataven abans d'arribar i sense que signifiqués cap desgast en la seva força: els homes del vehicle s'havien assentat en la ubicació dels sapadors; el pont no podria ser volat. El tanc havia avançat i feia foc contra la ciutat, obria un pas en el carrer tancat, fins que un dels canons antiaeris va fitorar-lo: la torreta va volar pels aires i es va incendiar, va fer un tro grandiós que va il·luminar l'indret com si el sol ja hagués encès totes les llums de l'alba. Pocs minuts després, els de la guàrdia van ser eliminats en un foc encreuat des de la ciutat, però va ser tan sols un miratge. A l'altra banda del riu, sobre els alts, entre el brossam, van comparèixer desenes de tancs T-34 que iniciaren un foc forassenyat i rabiosament precís: encara que els nostres canons n'inutilitzaren uns quants, els seus projectils van liquidar les posicions dels antiaeris. Ben aviat van començar a baixar fins al pont, advertiren la nostra situació i van saludarnos amb tanta cura que van volar la façana de la casa que teníem a l'esquena.

Alguns homes van quedar-hi sepultats. Els altres vam arrencar a córrer cap a l'interior del centre urbà. Però la resistència era inútil. No ens quedaven armes pesades ni tancs, només l'opció per la desbandada. En previsió d'això, s'havien col·locat càrregues als tallers i les fàbriques, que van ser fulminades a la nostra esquena, mentre els tancs creuaven la ciutat i se l'apropiaven. Molts dels pobladors van sortir de les seves cases a rebre els T-34 amb càntics, plors d'alegria i banderes; alguns demanaven una arma i disparant empaitaven els camions de la tropa, venjatius, ufanosos de la nostra dispersió. Als afores de la ciutat vam trobar més divisions romaneses, foragitades com nosaltres de les posicions del flanc meridional. La retirada era grandiosa, l'atac va ser de primera intensitat en tots els fronts, no se sabia on resguardar-se, del quarter general no arribaven ordres precises, només la boja consigna de resistir.

Vam seguir arreplegant-nos cap al sud. Pel camí topàvem amb batallons desfets, soldats arrossinats que havien intentat escapar tots alhora per un mateix pont, provocant la voràgine: centenars d'homes havien mort esclafats pels seus propis tancs, s'havien hagut d'abandonar els ferits enrere. Molts d'ells s'havien ofegat mentre intentaven creuar el riu a peu, fent tentines sobre l'aigua gelada fins que aquesta s'obria inopinadament i se'ls emportava cap a una mort per ofec i congelació. Les històries eren totes espantoses; un home ens va contar com un oficial s'havia obstinat a muntar una unitat d'oposició enmig de la planura; a punta de pistola havia retingut homes al seu costat, obligant-los a cavar una trinxera durant tota la nit, i a col·locar les armes pesades apuntant l'escomesa. Però els soldats es revoltaren en veure l'enorme columna de tancs acostant-se per l'horitzó; acompanyada en els flancs per la fidel cavalleria dels cosacs. Quan van disparar, molts dels soldats començaren a partir cap enrere; l'oficial va obrir foc contra els seus propis homes, rabiüt, en advertir que corrien espaordits. Aquell soldat, preveient que no hi hauria defensa i que quedar-se allí equivalia a un suïcidi, va clavar la baioneta a la nuca del seu propi capità.

—Tots els oficials estan bojos —deia, assegut dins la fosca vora en Kiefer, marxant sota la lona del camió—. El general Paulus no va saber organitzar un bon atac, i ara paguem la seva matusseria. Si tot això ho dirigís el mateix Hitler ja faria estona que dormiríem calents a Stalingrad.

En arribar a un veral gairebé sempre el trobàvem ocupat. Un milenar d'homes es refugiaven en mig centenar de cases: els seus legítims ocupants eren desallotjats o obligats a servir-nos en tasques de provisió de vitualles. Els nouvinguts es quedaven la pitjor part, havien de passar la nit dins les quadres, amb els animals, o eren obligats a bivaquejar a la intempèrie, la qual cosa era habitual veure en els romanesos, castigats d'aquesta manera per la suposada debilitat de la seva resistència en els fronts rebentats.

Aquells dies, mentre s'organitzava la resistència i es parlava d'un atac que no permetria que es tanqués el cercle, vam veure estampes d'una cruesa esgarrifosa. Algun batalló, irat per haver de deixar les posicions i haver d'abandonar provisions i municions, va servir-se dels presoners de guerra com a trastejadors; centenars d'homes havien estat alliberats de les gàbies i se'ls havien carregat farcells amb menjar i bastiments a l'esquena. Obligats a marxar com a bèsties de càrrega per l'estepa, flanquejaven els Panzer, vigilats per la infanteria des dels camions. Eren homes esparracats, vestits amb la roba dels cadàvers que havien deixat enrere; desferres humanes defallides, obstinades en una supervivència molt pitjor que la mort. En moltes ocasions, quan arribaven a un campament, eren obligats a passar la nit al ras: l'endemà n'hi havia ben pocs capaços d'aixecar-se. Aquests, eren simplement abandonats, a vegades se'ls disparava un tret de gràcia, o se'ls convidava a retrocedir per incorporar-se al seu exèrcit i llavors, si partien, se'ls disparava per l'esquena.

En la nostra apressada fugida molts soldats van aprofitar per fer-se amb un dipòsit propi de queviures. Era tanta la precipitació en la fugida i tan gran l'anarquia, que s'incendiaven magatzems replets d'abric nous i de llaunes de conserva, que havíem de rescatar de les flames abans que ho consumissin tot. La negligència i el desconcert forçaven situacions terribles: alguns homes s'apropiaven de gallines i les amagaven dins l'abric, o empaitaven polls mentre una vella camperola esdentegada plorinyava en un racó d'una barraca, sabent que si s'emportaven l'aviram no tindria res amb què fer front a la resta de l'hivern. Alguns mataven una cabra a trets i l'escorxaven pel camí, repartint-se'n la carn i tallant-se toscs mantells amb el cuir sense adobar.

Dins el desmarxament, vam ser destinats a una població de l'estepa, lluny de Stalingrad. Els russos ens havien encerclat, això ara ja ho sabíem, però també estàvem disposats a resistir. Dins el nostre territori, ben replegats i amb bones posicions guanyades, ens sentíem pràcticament invencibles: els russos havien intentat dividir el VI exèrcit, però vam veure algunes de les seves columnes de tancs destruïdes, inutilitzades i envoltades de cadàvers gelats i nus, perquè el primer que es feia amb els morts era despullar-los, sobretot si eren russos, el seu equipament d'hivern era molt preferible: els pantalons acampanats com a roba interior, a més dels seus bons capots, impermeables, i gorres de pell de mart, algunes amb rastres de sang seca.

Allà, en el nostre emplaçament, hi havia nombrosos batallons; més de vint mil homes en total, i el tràfec entorn de l'hospital i la llunyana pista de vol era imparable. Mai havíem vist tanta agitació: ens vam posar una altra vegada a cavar trinxeres; els que veníem de fora havíem de fer-nos amb un resguard, mentre que els destacaments que ja feia mesos que havien arribat tenien les seves casamates i tanyades fermament construïdes. Nosaltres vam haver de desallotjar una casa de pagès, un oficial ens va obligar a reclutar una família com a *hiwis*, que van haver de desmuntar el sostre de casa seva i portar les bigues fins a les nostres fortificacions. Eren un matrimoni jove, amb un nen malalt per la falta d'aliment. Jo i en Kiefer intentàvem aconseguir proveïments per ajudar-lo, però la llet era escassa i els medicaments estaven únicament destinats a la soldadesca; aquell nen, devia tenir tan sols dos anys, va morir després de pocs dies, vam veure com la seva mare l'enterrava en la dura terra gelada, i com cobria, sense deixar anar ni una llàgrima, el seu petit cos amb la neu.

L'humor de la tropa era desigual, tant senties rialles com laments per haver de passar el Nadal a les trinxeres. N'hi havia que barbotejaven insults contra Hitler; però d'altres estaven convençuts que ell era la nostra única salvació, deien que preparava un gran exèrcit per alliberar-nos en poques setmanes, per trencar el setge que ens havien fet i forçar d'una vegada per totes la rendició.

Això provocava discussions exaltades, els més desesperats s'inflaven a cops de puny enmig de la neu, i alguns s'excitaven tant que es disparaven. Fer-se una ferida que pogués provocar que et retornessin a casa també era un tema de conversa habitual; encara que els avions Junkers eren atacats i era difícil intentar abandonar la interferència.

Un noi, un fuseller molt jove, va tallar-se una mà amb la baioneta; es deia simplement «el noi», i així era conegut per tots en el nostre batalló. Era tan ros que venien ganes de passar-li la mà pels cabells arranats, i quedar-te mirant els seus ulls verdosos, oblics i orientalitzats, que s'ho miraven tot amb una mescla d'estupor i enyorança. Sempre mussitava alguna melodia, i el primer que demanava, en conèixer algú, era la seva cançó predilecta, la qual, com que sempre la coneixia, es posava a cantussejar. La devoció del noi per Hitler era absoluta: se sabia cada detall de la vida del Cap d'Estat, a qui es delia per conèixer, i de qui portava sempre a sobre una foto penjada del coll amb un cordill, talment un escapulari, que resguardava sempre amb una mà sobre el pit. El noi, així com anaven passant els dies, anava desanimant-se: els polls s'apeixaven en nosaltres i no paràvem de rascar, i a més tenia diarrea i vòmits i els llavis encetats pel fred i la febre. Kiefer intentava animar-lo, li aconseguia xocolata i algun cigarret, però ell no es movia de la trinxera, corria només per anar a les latrines i tornava a la seva posició, on s'arraulia amb la mirada quieta sobre la foto de Hitler. Kiefer va veure com agafava la baioneta i es feia un tall profund a la mà; deixava caure la sang sobre la imatge, era com una ofrena, ell de genolls i amb el palmell cap avall, regalimant en silenci, sense dir res, tenyint-li l'abric i els pantalons, mentre s'ho mirava com en èxtasi, els ulls plens de lentes llàgrimes. Algun dels seus companys l'agafaren i se l'emportaren a la infermeria, però allà un sotsoficial el va acusar d'autolesionar-se: li van fer un consell de guerra sumari i el condemnaren a mort. El noi va estar cantant tota la nit abans de l'alba en què moriria; el sentíem des del nostre búnquer, ell tancat dins una cel·la improvisada, a cinquanta metres del paredó; sentíem el seu cant feliç, trèmul, desdenyós, com si la mort que l'esperava no fos cosa seva. Els homes intentaven no sentir-lo i dormir, maleïen entre dents aquella guerra mentre es feien els sords i s'ensopien; però l'endemà ens vam despertar amb la graponera descàrrega que va estroncar-li la vida.

Es parlava molt del nostre rescat; ens arribaven notícies d'una ofensiva que s'estava preparant o que ja s'efectuava i ens alliberaria. Va començar a córrer la brama del general Manstein; aquest vindria armat amb enormes columnes de tancs i amb provisions, i obriria un passadís al sud per on escaparíem. Però passaven els dies i les notícies se succeïen sense que canviés la nostra situació; es deia que el rescat avançava, però l'endemà arribava el rumor que els russos l'havien obligat a retrocedir; després va dir-se que l'havien anihilat de mala manera. Quan se sentia l'esclafit d'algun coet llunyà, aquestes paraules corrien per les trinxeres, pels passadissos i els quarters generals: «Que arriba Manstein! Hitler no ens oblida!». Però eren tan sols escaramusses contra grups aïllats, o algun *Katiusha* buscant fer diana. Ningú s'acostava a deslligar-nos.

Tothom va començar a preparar-se per a passar el Nadal. Un oficial que es deia Eisele anava passejant-se pels refugis, s'acostava als homes i els colpejava efusivament l'espatlla; es treia un bocí de xocolata del butxacó i intentava animar-los entre bromes, rialles i efusions; Eisele, un home calb i de pell groguenca, carregat d'espatlles i amb els llavis gruixuts, havia aconseguit un piano intacte del saqueig de Stalingrad; se l'havia fet portar al seu búnquer i convidava a concerts els altres oficials i fins i tot a alguns membres de la tropa. A mi em va animar a assistir a un dels seus concerts: em va veure abatut, el meu uniforme estava tan desgastat que ni va adonar-se que jo formava part d'un batalló disciplinari. Estava intentant empassar-me un tros de carn seca de cavall, mastegant vora d'un bidó on cremàvem els darrers escantells d'una taula. Des de feia unes setmanes que s'havia decidit començar a sacrificar aquelles bèsties, i és que els avions, els Junkers 52 amb els subministraments, no arribaven, o si aconseguien prendre terra, ho feien carregats amb combustible i medecines: les racions que portaven no bastaven per res.

Eisele em va veure i se'm va acostar, em va posar una mà sobre el casc i em va preguntar si m'agradava la música. Li vaig dir que sí, confós, i em va donar un paper signat per ell mateix, amb el qual tindria accés lliure a la seva zona.

Aquella nit, esperant que em donarien alguna cosa per menjar, vaig anar al seu concert. Eisele tenia un búnquer molt protegit, per accedir al qual vaig haver d'endinsar-me en una envitricollada munió de passadissos, la majoria soterrats. En aquell destacament, ja s'havia omplert tot de decoració de Nadal; de les parets de les trinxeres els homes hi havien penjat rams d'herba semblant a la murtra; amb bocins de bena tenyida s'havien elaborat serpentins; havien pintat granades de colors i les tenien entrellaçades dels fusells, disposats de tal manera que volien assemblar-se a les boles decoratives dels arbres nadalencs; en moltes posicions tenien músics —un violí, una harmònica— o fins i tot algun gramòfon, que feien sonar exànimes algunes cançons de Norbert Schultze. Però, en entrar al búnquer d'Eisele, després de baixar per una escala escanyada, vaig quedar-me parat: era una mena d'unió de vagons de tren sepultats, ben il·luminats, lluents de cromats i cuir intacte, d'un luxe inconcebible enmig de la total desolació. A fora, els homes morien de fred i inanició, però allà dins s'estava calent i s'hi endevinava l'abundància. Al fons del vagó s'hi obria una sala àmplia, decorada amb fotografies de Hitler, mapes, banderes i algun quadre recremat. Ja alguns oficials s'havien assegut, parlaven i es confiaven informacions, la majoria anaven ben nets i afaitats, encara que les cares delataven inquietud i extenuació.

—Dues setmanes —deia algú amb seguretat—. Ja ho veuràs, m'hi jugo la meva finca! En dues setmanes estem fora! —Però l'altre capcinejava amb cautela, afirmant commogut que la Luftwaffe no portava bon menjar:

—Avui —deia—, ha arribat un Heinkel carregat de pebre i espècies. No tenim altra carn que la dels cavalls, però ens arriben condiments per cuinar-la!

Eisele va aparèixer per una portella. Es va asseure davant el piano, va fer alguns gests teatrals amb les mans, per mirar de desentumir-les, i va començar a tocar una sonata de Beethoven. Jo me l'escoltava traspassat, completament enfonsat dins les meves visions: la fam em feia sentir buit, lleugerament marejat, la música m'anava omplint, s'apoderava de mi i em feia tornar a veure mil imatges d'horror i de tortura. Eisele tocava, però jo no el sentia, l'ambient lluminós i humit del búnquer em portava una altra vegada a fora, als amagatalls en la neu, on centenars de milers d'homes es consumien. Els oficials movien el cap lleugerament, emportats pel so de la música, quan, sobre nostre, va esclatar una bomba: es va sentir un esclafit greu i allargassat, un rebombori sord que va fer moure les tàpies, del sostre en va caure un polsim marronós, que va embrutar la tapa del piano i les solapes dels oficials melòmans. Eisele va seguir tocant com si res, va acabar la peça i després d'escoltar els aplaudiments amb satisfacció, va fer venir amb un petar de dits el seu ajudant; aquest, va aparèixer coixejant amb una ampolla de xampany embolcallada; va destapar-la amb lentitud i se serviren bones copes, una de les qual va arribar a les meves mans.

Sentir l'esclat ben fred del vi fresc a la boca em va marejar; al principi va ser una sensació agradable, però ben aviat vaig sentir nàusees i vaig perbocar. Mentre salivejava un líquid negrós en un racó veia la mala cara dels oficials, fitorant-me, intentant continuar amb la mascarada sinistre del seu brindis. Un soldat, a les ordres d'un d'ells, em va arrossegar cap a fora, i em va deixar assegut en una bancalada, vora d'una corrua de soldats defallits. Em vaig passar la nit amb ells, totalment descoratjat, sentint sense escoltar les seves converses. L'endemà, a l'alba, vaig tornar cap a la meva trinxera, amb Kiefer i la resta del meu batalló.

Allà, les coses anaven pitjor. Havia cessat el vent de la nit, i nevava enmig d'un silenci ert; l'estepa semblava no existir, esclafada sota el cel pesat, enfonsada en una ingravidesa de broixina. La llum difosa del dia immergia els cossos en una immobilitat abaltida, enganyosament inerta. Ningú es movia dels búnquers, les guàrdies eren descuidades, algú atalaiava en la llunyania, amb uns prismàtics desconjuntats, esperant endevinar un atac o el tràfec dels esperats salvadors.

—Passarem el Nadal aquí —em va dir en Kiefer, intentant descongelar un bloc de gel per poder beure—. Tots ja estan mentalitzats. Hauríem d'aconseguir una mica de pa, m'han dit que avui repartiran salsitxes.

En un racó del búnquer, en Kampe, un sapador a qui el fred li havia esgavellat alguns dits, jugava als escacs amb Liubov, un *hiwi* malcarat i observador, tan temorós dels nostres oficials com dels comissaris soviètics, el poder dels quals temia tant o més que la mort; Liubov feia tant temps que l'havien incorporat al nostre exèrcit que ja sabia alemany, el qual parlava amb un accent enrevessat i espinós. Des de feia setmanes que semblava que aquells dos homes jugaven la mateixa partida, en un tauler al qual faltaven algunes peces, que ells mateixos havien substituït tallant bocins de metralla i ossos de cavall. Feia hores que s'estaven un davant de l'altre, observant el tauler en la blanca penombra, en Kampe traient baf per la boca i escalfant-se les mans, agitant la llengua i fent petar els llavis, aixecant els ulls i meditant una ofensiva de joc. Kampe havia omplert el seu casc de benes i d'una ronyosa gorra de pell de gos; sentir el fred del metall sobre la closca era inaguantable, i per això tots havíem hagut de recórrer a remeis semblants; ell, però, amb el casc enfilat sobre el cap, sobre aquell munt de parracs putrefactes, semblava un estaquirot.

—Aquest maleït no mou! —deia, impacient—. Fa dues hores que s'ho pensa. Clar, com que veu que no hi ha res a fer. Mou, home!

—Deixa'l estar! —responia algú que tornava de fora, de pixar-se sobre les mans per fer-les revenir—. ¿Quina pressa tens? Tinc els ous que em rebenten!

—M'han dit que aquesta nit han atacat l'aeròdrom —deia un motoritzat abúlic (un bon home que es deia Gustav, i que va morir poc després de disenteria), que havia aconseguit una estufa de ferro forjat i l'havia instal·lada en una cantonada, però sense que aconseguís res durant setmanes per a cremar-hi a dins—. Els nostres avions ja no poden ni arribar ni marxar. Està tot detingut. Les pistes estan plenes de ferralla. Hi ha tants de ferits esperant dins els hangars, desitjosos de ser emportats fora del bloqueig, que veure'ls omple de tristesa. Una patrulla s'ha hagut d'armar enmig de les pistes per impedir que falsos ferits pugin als avions. He vist com obrien foc contra una corrua d'amotinats; molts dels quals estaven realment malferits, a alguns els faltava una cama o un braç, n'hi havia que amb prou feines caminaven. Els munts de morts que envolten la pista fan més de dos metres d'alçada, els he vist. Se serveixen d'ells per parapetar les tendes.

—Calla! —el va tallar Kampe—. ¿No veus que no em deixes pensar? I tu, mou d'una vegada, maleït.

El sapador es va aixecar i va empentar Liubov, li va posar una mà sobre l'espatlla i el va sacsejar, però el *hiwi* va caure d'esquena, rígid, garratibat com un buit espantall. Feia moltes hores que havia mort d'inanició, davant el tauler, sense que ningú se n'adonés, mentre defallia.

—Fill de puta! —va dir Kampe—. El molt cabró l'ha adinyada. A veure ara com acabem la partida! ¿Algú sap jugar? ¿Tu? ¿Blanques o negres?

S'emportaren en Liubov però no van poder-lo enterrar; el sòl estava tan endurit que era impossible clavar-hi el pic o la pala. El despullaren i l'abandonaren rere d'un talús, on ja hi havia centenars de cadàvers, mig sepultats per la blanca obstinació de la neu.

De sobte, vam sentir els cascavells. Kampe va aixecar-se d'un salt i va sortir d'una estrebada, fent caure el tauler, tirant les peces per terra. Havia arribat el poni amb queviures i els homes sortien de sota terra, com rosegadors d'una talpera; s'animaven i feien fileres, a les ordres dels oficials d'intendència. Els russos, per martiritzar-nos, havien envoltat el cercle d'altaveus, des dels quals ens arribava, durant moltes hores al dia, música de tango. I era penós veure'ns fent cua per rebre mitja salsitxa, un tros de pa dur o uns quants grams de confitura o mantega mentre sentíem els ressons melodiosos d'aquelles cadències; ens empentàvem i bramulàvem davant la barraca del menjar, on tothora s'hi arremolinaven els més necessitats, a l'espera d'una almoina o d'algun nou repartiment. Menjàvem d'una sola dentegada la nostra ració, amuntegats en els amagatalls, immersos en aquella olor de pessebre, feta d'excrements i secrecions ràncies, ben a prop un dels altres per defensar-nos de la fredorada mentre la música seguia sonant, amplificada en la distància, rebotant en les tàpies, entrant per les xemeneies de llauna que s'eriçaven des del sostre de les casamates.

Mastegàvem lentament, sentint com ni tan sols salivejàvem; l'aigua era escassa perquè no hi havia combustible amb què fondre el gel, la carn era dura i molts la mastegaven només una mica i després l'amagaven en un sarró, que portaven sempre a sobre per a defensar-lo de la fam dels altres. Un jove soldat havia despertat un matí trobant dues rates que li rosegaven els dits gelats del peu a través d'un forat al cuir en una bota; el jove es va posar a xisclar i a agitar la cama, espasmòdic, però les rates, tan famolenques com nosaltres, no se'n volien desempallegar. Espantat, es va treure la pistola i va començar a disparar-los, amb tant d'encert que es va ferir a l'empenya del peu i l'acusaven després d'autolesionar-se. Se'l van emportar a l'hospital, però no van arribar a ferli consell de guerra; va morir dessagnat aquella mateixa nit, mentre esperava l'amputació.

Havíem d'ignorar la música per no acabar d'embogir, la qual cosa ja era malaltia comuna dins de les trinxeres; molts dels nostres homes s'havien cansat de la fam, de l'espera i l'angoixa, i havien començat a córrer, a xisclar i a agitar llençols blancs, corrent descordats cap a les posicions enemigues. Abans de desaparèixer en la blancúria en vèiem molts caure a mig camí, en la humitat quallada, ferits per algun franctirador amagat en terra de ningú. Durant el matí era comú veure en la distància un Hitler de farsa, un ninot dret enmig del bordiol, ben mudat i amb una cara inconfusible dibuixada sobre tela de sac, amb el bigoti de mosca i els ulls enfurismats, el braç alçat i sobre el pit orgullós, tibat de palla, un cartell on es podia llegir: «Us he abandonat, ara Stalin us espera amb els braços oberts. Rússia serà la vostra mare».

Un matí, un oficial va enviar dos homes a treure d'allà enmig aquella bubota. Van sortir a contracor, tan dèbils i endormiscats que gairebé les cames no els sostenien i s'havien de recolzar l'un en l'altre. En arribar als peus del titella, van agenollar-se i començaren a rascar amb les baionetes, decidits a desclavar-lo del terra glaçat. De sobte, però, va rebentar-los una mina, que l'Ivan hi havia posat per fulminar-los. Des de la trinxera vam veure com s'alçava la neu, embolcallant, com un vel sobtat i espantós, la roja negror dels seus cossos trossejats, desfets per l'explosió inesperada.

A partir d'aquell matí, la meva feina, com a bon tirador, era anar a disparar a les babarotes que cada albada trobàvem alçades en l'horitzó, ja que els oficials no podien consentir aquella befa. Hi feia diana de trinxera en trinxera, fins que aconseguia tirar-les, a vegades fent esclatar alguna granada oculta, tot i que poques setmanes després del Nadal se'm va ordenar deixar-les estar, ja que per destruir-les eren necessàries moltes bales i la munició escassejava. A més de tangos, aquells dies els russos ens van posar cançons de Nadal, càntics de nens, alguns en alemany, que aconseguien commocionar-nos. Els homes es tapaven la cara amb les mans i deixaven anar plors silenciosos, d'amagat dels sotsoficials, mentre miraven les fotografies de les seves famílies.

—Lliureu-vos i les vostres vides seran respectades! —deien de tant en tant els altaveus, en una veu sense accent, entusiasta i plena de presumpció—. Abandoneu i veniu cap aquí amb les mans a sobre el cap. Us donarem menjar i el tracte que mereix un soldat. Podreu tornar a veure ben aviat les vostres famílies. Teniu la paraula del nostre general. Dones atractives i devotes se'n cuidaran que no us falti res. Rebreu racions cinc vegades més grans que les que Hitler us envia. El caporal Wilsky fa més d'un any que és amb nosaltres, ¿no és veritat, caporal?

—Sí, exactament un any! —responia algú de seguida, amb veu apassionada i juvenil.

—El caporal Wilsky ha visitat els nostres camps de presoners, ¿oi? I ell mateix us dirà com són, no s'assemblen en res que us pugueu imaginar. Estan instal·lats en grans hotels, en prades verdes, vora els llacs, ¿eh que sí, caporal?

—Sí, i tindreu habitacions on només hi ha quatres persones, dues de les quals són dones molt belles. Escolteu-me, camarades dels regiments blindats i d'infanteria. Aquí podreu menjar tot el que us vingui de gust: tenim pastissos dolços i de carn, rostit de porc, de vedella, embotits frescs, licors i fruites...

Durant una bona estona va descriure tot el que podríem menjar. Després, es va acomiadar de nosaltres i de seguida van començar un altre cop les promeses:

—Camarades! Que la SS i Goering vinguin a combatre a les trinxeres. Els que desitgin allistar-se a l'Exèrcit Roig conservaran el rang...

I després un tango; i després una altra cançó de Nadal. Això ens deixava amb l'enteniment dividit, esqueixat. Si de nit els U-2 ens sobrevolaven, jo no llançaven bombes, sinó quartilles amb promeses i anuncis de derrota: «La rendició no és cap deshonor. Les vostres vides estan en les nostres mans. Penseu en els vostres fills i en les vostres dones». Els soldats escrivien les darreres cartes a les seves famílies; el servei de correu funcionava rarament, encara que tots sabien que les missives serien esporgades si contenien informació catastrofista. Jo, que com a membre d'un batalló disciplinari m'estava prohibida la correspondència, havia adquirit fama com a redactor de cartes, ja que a vegades ajudava a escriure'n als que estaven ferits.

—Walter! ¿Què els conto als de casa? —em demanava en Fritz amb la cua d'un llapis a les mans; un badès grogós, que unes setmanes després va morir d'icterícia—. La meva dona acaba de parir, i a més bessonada!

—¿I ja et surten els comptes, soldat? —li deia algú per turmentar-lo.

—Sí, fa nou mesos vaig estar de permís.

—¿Però has dit que era bessonada? Per fer bessons cal un any, banyut!

—¿És veritat, això? ¿És veritat? ¿Kiefer? ¿Walter?

—Escriu això, Fritz —responia jo, sense saber què dir-li—: «Estimada meva: estic bé, aquí fa fred però estem calents a la vora de l'estufa. La guerra ja acaba i podrem tornar. Hitler ens fa arribar tot el que ens falta i ens traurà d'aquí tan aviat com s'hagi rearmat. Els oficials ens tracten molt bé; comparteixen els seus cigarrets i licors amb nosaltres. El menjar és escàs però nutritiu.

Rússia és gran i preciosa. Envia molts petons als nens de part del seu pare que els estima. Signat: Fritz».

Els homes que no estaven totalment descoratjats, s'agitaven excitats en les seves posicions, sortien dels búnquers per anar fins a les cuines, a veure si havia arribat res de menjar, o a provar de fer un intercanvi de tabac per alguna porció de carn congelada. Alguns parlaven sols, movent el cap, clavant frenèticament la baioneta contra el terra:

—Calma, calma —es deien a si mateixos, amb veu quasi inaudible—. No facis cap ximpleria. Calma i viuràs. Calma...

N'hi havia, però, que treien el cap de les trinxeres durant les seves sortides, caminaven taciturns, indiferents a l'amenaça dels franctiradors. Era la seva manera de fer-se matar, incapaços com érem molts d'agafar la nostra pistola i disparar-nos a la templa. Seguien el seu itinerari sense ajupir-se, sentint, amb els ulls clucs, com una bala espetegava vora seu, com es clavava en el talús deixant anar esquerdes de gel, tan esmolades que eren capaces de clavar-se a la roba i foradar fins a arribar a la pell i encetar-la. Una ferida petita podia matar, ja que de seguida els polls —cada dia multiplicant-se, espetegant dins el foc de les escasses estufes— hi acudien; la debilitat era tan gran que a la llum d'una candela un jove es podia passar hores mirant-se un tall al braç, palpant-lo entre fondes alenades, omplint-lo de pa mastegat i embolicant-lo amb algun tros de bena llefardosa.

A vegades sentíem un avió sobrevolant-nos tan baix que ens eixordava. Llavors, si el so el delatava com a enemic, ens col·locàvem en les bateries, disposats a abatre'l, tot ajudant els artillers; però si era un dels nostres, miràvem el cel com qui espera la baixada dels àngels, amb els ulls vidriosos i la mandíbula tremolosa sotjàvem la seva evolució, contorbats, ansiosos que deixessin anar alguna càrrega. Vèiem obrir-se un paracaigudes i era com unes ales celestes, el contemplàvem caure, àvids, tement que anés a posar-se en terreny minat. Si queia rere les línies, de seguida els oficials d'intendència se l'apropiaven i el racionaven a la seva manera, reservant-se menjar per al futur, o mercadejant-hi amb altres companyies. Però a vegades havíem d'anar a buscar els farcells enmig de la neu, exposats al foc de l'Ivan; llavors, Kampe engreixava el fusell, esmolava una mena d'estilet i s'oferia voluntari.

—Anem! —deia, eufòric—. A veure si en matem un parell! Començo a estar cansat dels maleïts russos! Són pitjors que els polls! I ja en tinc negra la collonera. A més, necessito tabac i vodka.

I és que Kampe, en sortir de la trinxera, acabava de transformar-se en animal. Jo el vaig haver d'acompanyar en una d'aquelles corregudes, caminant feixugament en la neu, seguint-lo mentre xiulava. Kampe obria camí, segur i arrogant, com si no temés les mines o els trets. La boira gelada era tan espessa que no vèiem més que uns metres a davant, tot submergit en la densa calitja: el vent s'aixecava i ens xiulava a les orelles, afuat i aspre, mussitant-nos funestes premonicions. En Kampe semblava tenir un sisè sentit per trobar els envasos de menjar; de cop s'aturava i alçava el nas i deia «cap allà!», i a pocs metres ja hi trobàvem l'embalatge.

—Vinga —ens deia, mentre tallava les cordes del paracaigudes i es tapava, embolicant-se el cos amb l'ample i blanc teixit de seda—, carregueu-ho! Que jo vaig a buscar tabac.

I el vèiem perdre's en la borrasca; nosaltres feinejàvem amb els paquets, els col·locàvem apressadament sobre d'un trineu; un de nosaltres havia d'estar-se a l'aguait, perquè era habitual topar-se amb una patrulla de reconeixement. Vam sentir trets i renecs confusos, i vam començar a estirar el trineu, però de sobte davant nosaltres va emergir, com sorgida del terra, aquella bubota, en Kampe:

—Va, vinga, ràpid! Endavant! Jo ja tinc el que cercava.

Portava a la boca un cigar encès, que deixava anar un fum negrós i agre. Kampe, ell sol, era capaç d'assaltar una trinxera i eliminar tots els homes sense immutar-se; quan es perdia en la neu d'aquella manera ningú de nosaltres sabia on anava, però sempre tornava amb un garrafó de vodka i algun paquet de tabac, que es fumava lligant-los amb les quartilles dels russos o amb els fulls d'una Bíblia d'un desaparegut capellà de campanya.

En arribar amb els farcells, ens esperaven els d'intendència; aquests s'ho emportaven tot cap al seu tendal després d'escorcollar-nos els abrics, desconfiats que ens haguéssim apropiat d'alguna cosa. Algun temps després se'ns convocava a menjar, sonava una tímida campana i els més desperts es dirigien cap allà, cohibits, amb els llavis plens de fenedures, esperant rebre un tall d'embotit, que molts aixecaven al cel abans de ficar-se'l entre les dents tremoloses.

I així passaven els dies. Va arribar l'any nou. Les nits eren llargues, silencioses, sense núvols, cristal·lines, a vegades tan clares que la campana del cel semblava a punt d'obrir-se, fitorada per milers de petites llums. Molts homes, però, no arribaren a veure el nou any. Cada dia moria algú en la nostra companyia: de fred, de gana, d'un tret propi o llunyà, o de les moltes malalties que començaren a mossegar-nos amb feroç insistència; s'emportaven els indisposats als hospitals de campanya, però això gairebé sempre equivalia a una mort diferida, dolorosa a causa de la pel·lagra, el tifus o la tuberculosi. Jo, sense saber com, aconseguia mantenir-me viu; tot el que feia era estar-me immòbil en un racó calent, amb la ment totalment buida, en un estat d'ensopiment, governat per una mena de lassitud flonja, surant en una deriva de pensaments inconnexos, d'idees esbojarrades que tant podien fer-me esclatar de rialles com omplir-me de llàgrimes els ulls. Tan sols menjava el que Kiefer era capaç d'aconseguir: ignoro si ell robava de nit a les altres trinxeres, o si assaltava el magatzem —per la qual cosa podien afusellar-lo—, mai vaig saber d'on treia els recursos necessaris per fer-se amb alguna llauna de conserves, o amb alguna bona porció de carn seca: ja no de cavall, sinó de gos, o fins i tot de rata.

—Estem condemnats! —deia algú en la foscor, abraçat a un altre que feia dies que no era capaç de moure's—. Sembla impossible! Ningú vindrà! Qualsevol dia ens envestiran i ja no hi haurà res a fer. M'agradaria veure Goering aquí. Aneu a Rússia, ens deien! Maleïda guerra!

—Han mort gairebé tots els nois amb qui vaig fer la instrucció —responia un altre—. ¿És això possible? Morts, morts, tots morts, nois que havien complert vint anys a la meva vora, estesos en la neu amb un tret a la panxa, o fulminats per un obús. Com cantaven dins el tren, quan venien cap al front! Encara els sento. Ara, ni tan sols tindran mai una tomba. Les seves mares criant-los, alletant-los, portant-los a l'escola de la mà, no m'ho puc treure del cap. I tot per res, per acabar aquí, sacrificats per no sé quina merda de guerra, pels desvaris d'un boig!

—Pitjor ho passen els nostres presoners —deia Maurer, un home d'uns vint-i-cinc anys, de nas aguilenc i mirada astuta—. Ahir em reclutaren per anar a posar més filferro a la gàbia. Feia més de dues setmanes que ningú s'apropava per allí. De més de tres-cents homes, tots joves i forts quan els capturaren, tan sols n'hi havia una desena de vius. Una desena! No tenen res, ni tan sols un abrigall. ¿Sabeu com han sobreviscut? Enterrant-se al terra amb les pròpies mans, ¿i sabeu què han menjat? Cadàvers! Els vius es mengen els morts per sobreviure. Amb una llauna he vist com es partien la cama d'un mort, com capolaven les parts més sucoses.

—Tot això és el Mal —deia jo, distret—, sense pal·liatius, sense defenses. La cara més sincera de l'horror.

—Jo no perdo l'esperança —mussitava un altre, la seva veu confusa, afònica, defallent—. Estic segur que no poden abandonar-nos, seria una atrocitat. ¿Quants homes hi deu haver dins el setge? He sentit a dir que som més de dos-cents mil, més els *hiwis*. Sense aliments, sense municions. Però amb l'orgull d'estar vius. D'haver arribat fins aquí. Vindrà Manstein, diuen que ha estat derrotat però segur que no són més que mentides escampades pel contraespionatge. Vindrà.

—Els de la SS van marxar quan la cosa va començar a posar-se lletja —va dir un altre—. Es cansaren de matar jueus, pel que sembla. Covards!

—El general Paulus està malalt, ho he sentit en boca d'un oficial; n'hi ha que només parlen de suïcidar-se. He vist com es repartien ampolletes de verí —va afirmar Maurer.

—Déu ens salvarà —va dir Fritz—. Déu no pot estar de la seva banda.

—Silenci! Dormiu i no em toqueu la fava —bramava Kampe—, sou pitjor que comares. Serà el que hagi de ser. Si hem de morir, doncs morirem. I si hem de viure, doncs seguirem donant guerra. Sigueu valents, ¿no volíeu lluitar? Doncs assumiu-ho! Aquí teniu la guerra, clavant-vos les dents als ous. ¿No us agrada? Pobrets! Doncs aneu a veure Hitler i l'hi dieu. Va, aneu, les portes estan obertes. A fora, els russos us esperen amb ganes d'apamar-vos la pell. A més, ¿quina por us fa morir? N'han mort tants ja, allà fora hi ha centenars de milers de soldats morts. ¿I què? El sol surt, la neu gela, la lluna penja del cel. La mort no és res. Tanmateix, digueu el que digueu, només la sort podrà salvar-vos. Així que dormiu.

Com que la majoria del temps el passava ensopit, sortia de nit del búnquer. Al meu racó, embolicat el cap amb una manta que compartia amb Kiefer, em sentia enrampat per un celistre que no sabia d'on arribava i que em gelava l'esquena; llavors, el millor que podia fer era sortir i intentar escalfar-me caminant. M'apujava el gavany fins a les orelles i sobresortia de la trinxera: tot el que hi havia era la planura estàtica, parada en la seva pròpia sumptuositat, distesa i grandiosa, distingible sota la llum canosa de la lluna: no se sentia res, tan sols, a vegades, el llunyà espetec d'una metralladora esqueixant la nit, o una bengala aixecant-se en la llunyania, una ràfega de colors blavosos enlairant-se obliqua i esclatant. Ja ningú es demanava si era un crit d'alarma o l'anunci d'un rescat: era només un senyal que no significava res perquè tanmateix el fred, la mort, la gana... Si un gos s'atrevia a lladrar, de seguida el silenciaven a trets.

A l'alba, els homes més desvetllats sortien de sota terra i s'estiraven al sol, si és que el cel estava clar i els seus raigs arribaven generosos fins a la tropa. Era un lenitiu grandiós, tombar-se un parell d'hores a l'escalfor, a sobre d'uns taulons de llauna ennegrida, sentint reviure la pell, com el cos a poc a poc es desentumia. Els homes, llavors, fins i tot semblaven feliços, com si aquells instants estiguessin aïllats de la resta i fossin autònoms, com si es poguessin gaudir més enllà d'un futur i un passat. Un calfred de plaer recorria la meva espatlla, i rere les parpelles veia una suau i vellutada rojor. Sí, el sol sortia enmig d'una claredat grisosa, i les figures dels altres homes s'agitaven com bruixots, extenuats, acompanyats pels sons de les seves raneres. Si obria els ulls, m'estremia. L'atrafegament, el contorn lúgubre de les figures: la mirada em quedava encastada en un home amb bigotet, estirat a sobre d'un bidó rebentat; tenia el braç doblegat i a sobre hi recolzava el cap, tan exhaust després de l'esforç de sortir que no es podia ni moure. Un pensament em recorria la ment, perfilant, confusament, el que tenia a davant: «Es mor, aquest home ni se n'adona però s'està morint, deu ser com un son dolç, anar caient, ja ni sent el dolor, gemega però és inútil, no hi ha res a fer, la boca li sagna i té els llavis blaus, els dits li tremolen, la gorra li ha caigut i veig els polls que li recorren el front, les parpelles es van enfosquint...» Després, va sacsar les cames amb energia, en un espasme nerviós. Els altres homes passaven sobre seu i ni se n'adonaven. M'hi vaig acostar de genollons. Em sentia tan lax que va ser un esforç enorme. Li vaig posar una mà a sobre el front i va obrir els ulls, sí, i en la seva mirada, en la brillantor d'aquelles dues esferes d'un gris verdós, semblava haver-hi força suficient per aixecar-se, per arrencar a córrer fins a arribar molt lluny d'allí, en aquell talús on només l'esperava aquella forma de mort, aquella inútil agonia.

Va ser un diumenge quan van començar a disparar. Era d'hora, la claror, acètica, a penes deixava entreveure les coses, el cel estava tapat per núvols baixos, color de rata, tan amenaçadors que semblava que volguessin esclafar-nos. De sobte, el so d'un coet va esquinçar el cel, semblava el xiscle d'un monstre viu, agut, intens, però en treure el cap del búnquer vaig veure'l travessar, passar per sobre de nosaltres deixant rere seu una densa estela de fum. Quan va esclatar, el terra va sacsar-se, sota els peus vaig sentir un vast tremolor, era com si tot s'hagués d'esfondrar i sepultar-nos.

—*Katiusha* —deien els *hiwis* corrent cap a les seves posicions. La por de morir semblava que ens havia revifat; els homes encara capaços de moure's sortiren tots dels seus llocs i anaren a ajupir-se a les trinxeres amb el fusell a l'espatlla; els artillers prengueren lloc en els canons autopropulsats; mentrestant, els més dèbils s'arrauliren en els racons més sòlids dels búnquers, disposats a resistir fins al final.

—Anem cap allà —em va dir Kiefer agafant-me de l'espatlla. Ens vam tirar dins un fortí on només hi havia tres homes sans, gairebé abraçats a una metralladora. Allà dins, l'olor de podrit i de malura era insuportable, però ben aviat la idea de buscar un altre refugi va fer-se inconcebible: les bombes van començar a caure a centenars, tones i tones d'explosius anaven esclatant entorn de l'emplaçament. El soroll era tan eixordador que ben aviat vam deixar de sentir-lo: estàvem tan espantats que cap de nosaltres deixava d'estremir-se, ens sentíem dins el ventre d'un monstre disposat a digerir-nos. Ens mastegava un déu grandiós i tempestívol. En qualsevol moment, un coet podia endevinar la nostra posició i arrasar aquell recer, vèiem pels espiells com tot rebentava al nostre entorn, remolins de terra i metall tamborinejaven sobre la sostrada, era com presenciar una mena d'ebullició negra, hi havia cràters oberts per totes bandes, parapets demolits, homes corrent sense saber què es feien, foragitats d'alguna ubicació, arrossegant-se per intentar arribar al quarter general. La neu havia estat regirada i pertot la terra aflorava, cremada i fumosa. Era molt pitjor que qualsevol malson sobre l'infern. Dante havia fet curt.

Així vam estar més d'una hora, fins que de sobte el bombardeig va parar. Un silenci carregat de nerviosisme va apoderar-se de l'ambient, el meu cor m'anava a les totes, no podia deixar de sentir-me traspassat per la por. Una bomba havia esclatat davant el fortí i ens havia tapat la visió, així que els tres homes van agafar la metralleta i van sortir d'allà dins, disposats a trobar una millor col·locació.

—Que ningú es faci enrere! —lladrava un tinent enmig de la terra remoguda, amb la pistola a la mà—. Qui s'atreveixi a retrocedir rebrà un tret!

I és que molts dels homes, quan van veure, des de les trinxeres, com s'acostaven les banderes roges, van sentir-se definitivament perduts. N'hi havia a milers, eren fusellers avançant amb les baionetes calades, deixant anar uns udols compassats: «Urrah! Urrah! Urrah!». Entre ells, els T-34 envestien amb els canons apuntant-nos, escopint neu de les erugues.

—Això és el final! —va dir un dels tres homes—. Ens serà impossible parar-los. Ens anihilaran. El millor que podríem fer és rendir-nos! Ja!

—Abans morir que acabar en les seves mans! —va dir un altre—. A mi, no em capturaran viu.

Tots vam obrir foc. La metralleta fumejava rabiosa, fent caure els homes que es posaven davant de les seves escombrades assassines. Jo disparava però tremolava tant que no podia apuntar; des de les nostres línies els canons bramaven i aconseguien fulminar algun d'aquells tancs, però n'hi havia a centenars, i l'ofensiva era impossible de frenar. A la nostra esquerra, una companyia de granaders resistia amb coratge; llançaven granades de mà i obligaven l'Ivan a parapetar-se; llavors, els projectils dels artillers els destrossaven, o eren esclafats pels seus propis tancs. Vam resistir una bona estona; davant nosaltres hi havia un munt de morts sobre la neu; vam aprofitar que un dels tancs que ens anava a passar per sobre havia rebentat a causa d'una bomba magnètica per sortir del niu i fer-nos enrere, tal vegada a la segona línia hi hauria més possibilitats d'aturar l'agressió.

En sortir d'allà dintre vaig quedar-me parat. El campament havia volat pels aires. L'oficial que retenia la desbandada a punta de pistola, jeia al terra amb les cames tallades, encara bategant-se enmig d'un brut bassal de terra ensagnada i disparant trets al cel: els avions russos s'acostaven, inclinant-se i metrallant. Molts dels búnquers s'havien esfondrat, sepultant els homes més dèbils, els udols dels quals es podien encara sentir quan hi passàvem arran: els russos els capturarien i els executarien a l'acte. Des d'algun emplaçament de canons, alguns artillers disparaven, rebotant a les curenyes, rugint desesperats, però les municions s'acabaven i els tancs ja grinyolaven a prop, superant de molt les nostres antigues línies. No havíem caminat més que unes poques passes, quan ens va arribar, des d'un resguard de davant de nosaltres, un foc precís d'infanteria; vam haver d'avançar a salts, els uns rere els altres en impetuosa partida. A mesura que corríem, sentíem els espetecs dels trets a les orelles, un zum-zum enverinat, molts d'homes queien ferits per l'esquena, quedaven estirats a terra, gemegant en la neu, buscant-se la pistola del cinturó, o fins i tot una granada, per acabar la feina.

Per sort, vam arribar indemnes a la segona línia. Ens vam endinsar en les trinxeres i vam posar-nos a les ordres d'un altre oficial. Va ordenar-nos que ajudéssim els artillers en un enclavament elevat, que per sort aconseguien repel·lir l'ofensiva motoritzada. Vam estar hores feinejant en una cadena de mans, passant-nos d'home a home els projectils; alguns soldats no podien estar-se dempeus a causa de la debilitat i ajudaven de genolls a terra; després, vam anar a tirar granades, apostats rere un talús, espatlla contra espatlla amb els morts. Vam disparar contra granaders enemics, aconseguint abatre'ls a desenes. Sobre nosaltres, els avions passaven cap a l'interior, deixant caure tones de bombes sobre els aeròdroms, els hospitals i les reserves de combustible dels escassos Panzer que s'havien salvat.

Vam aguantar fins que vam poder en aquella zona, fins que l'atac va començar a fer-se irreprimible. Eixams forassenyats de projectils s'encreuaven sobre dels nostres caps; enfosquia però el foc no parava, per fortuna allà sí que disposàvem de municions. Quan va estar tot ben negre, les càrregues van estroncar-se. Vam retrocedir fins als blocaus. Tant nosaltres com l'Ivan havíem deixat un gran nombre de morts en el tram de trinxeres que ens havíem disputat. Vaig veure en Kiefer intentant ajudar en Maurer a aixecar-se; estès entre altres cossos, aquest estava allargat amb la cara enfonsada en un bassal de sang quallada. No hi havia res a fer, un tros de metralla se li havia clavat a la templa i li obria bona part del front, tota assistència era inútil. Kiefer estava entristit, Maurer era un dels pocs homes a qui tenia confiança.

—Tot un batalló s'ha rendit en aquella direcció —va dir Kiefer deixant el cap de Maurer sobre la neu vermellosa—. Ara ens estan encerclant un altre cop. Hauríem de retrocedir!

Vam fer-nos amb una mica de menjar i vam endinsar-nos cap a l'interior, a un vilatge dels afores de Stalingrad: els russos ens aculaven cap a la ciutat en ruïnes. Vam esperar ordres i ens enviaren a custodiar un niu de metralladores lleugeres. Estàvem esgotats; a mi, el cap em bullia de febre i no em podia treure de les orelles el so dels projectils, era com si el terra em seguís oscil·lant sota els peus, un mareig i una nàusea em sufocaven. Vaig intentar tancar els ulls i dormir, però les imatges dels munts de cadàvers m'assaltaven. Vaig haver-me de posar dempeus, però les cames semblava que no volien sostenir-me.

El que es veia, des d'allà, era desolador. Davant nosaltres s'eriçava un ermot de trinxeres i terra remoguda, on feinejaven alguns sapadors, sembrant les darreres mines per als T-34. Els cadàvers d'alemanys, *hiwis* i russos no es podien comptar, era molt més senzill intentar calcular el nombre d'estrelles al cel que intentar saber quants homes havien allà perdut la vida. Entre ells, alguns soldats s'arriscaven a endinsar-se, tot per regirar-los els uniformes i emportar-se municions i alguna cosa per menjar. A menys de cinc-cents metres, els russos havien bivaquejat, havien fet foc arrecerats en els tancs, i ens arribaven somorts els seus càntics eufòrics. A la nostra esquena, s'intentava cuirassar les bateries, es carregaven sacs i s'hi emplaçaven armes a darrere, encara que tots sabíem que aquell tipus de resistència era inservible.

D'entre la devastació que tenia a davant, va emergir-ne una figura. Venia fumant i amb un sac a l'esquena. Va enfilar-se a la baixa palissada i va arribar fins a nosaltres. Era en Kampe, carregat amb el que havia pogut pillar als morts.

—Mireu què porto! —va dir en veure'ns, arraulint-se al nostre costat i encenent el cap d'una candela—. Teniu, teniu!

Allà dintre hi havia de tot. Kampe va compartir amb nosaltres el botí, entre rialles insensates i jactàncies i sense que els altres homes, tan afamats com nosaltres, s'adonessin de res. Aquella nit vam menjar salsitxes i pa més o menys tou, i vam beure alcohol, una mena de licor que havia pillat d'un cadàver rus, una petita petaca d'un beuratge que tenia gust d'anticongelant i que cremava l'estómac i la gola. Havent menjat, tots vam sentir un profund mal de panxa, però bevent se'ns va calmar, l'ardor l'apaivagava, fins que vam caure dins una al·lucinada embriaguesa.

—A més, ¿sabeu què és això? —va dir Kampe traient del fons del sac un bolic de roba—. ¿No? Uniformes russos! De seguida que pugui me'n poso un d'aquests i em canvio de bàndol. Guaita! Si aquest sembla d'oficial!

—Això és una bogeria, Kampe —va dir-li Kiefer, aguantant-se el front, marejat i amb la boca pastosa—. De seguida se n'adonaran.

—Aquí, no hi ha altra guerra que la pròpia. I jo sé que guanyaré. Defenso l'imperi de les meves pilotes. Salut! —va dir, brindant i deixant-se caure dins una cavorca excavada en un tombant de la trinxera.

L'alcohol ens havia destarotat. Vam passar la nit adormits, desfets per malsons misteriosos. En Kampe gemegava i em despertava cada tant, mentre en Kiefer estossegava o es regirava sota la manta. L'endemà, els bombardeigs van continuar. De nit, els russos havien avançat, i, des d'un fortí de fusta, un blocaus encastat en un talús de la rasa, van obrir foc contra nosaltres. Volent veure com era l'envestida, ens vam enfilar a les postes més arrecerades. Vam intercanviar trets amb els assaltants dels blocaus, però un dels homes de la meva vora va caure a terra, com si l'haguessin estirat per l'esquena amb un corda invisible. Una bala havia foradat el seu casc d'acer i li havia obert una escletxa a la cervellera; cada cop que la sang li bategava, es veia com la massa encefàlica li pujava i li baixava a través de la ferida. Ben aviat va morir. Kampe va enfadar-se i va sortir del recer, armat amb un ramell de granades i disparant una metralleta. Abrivat, va llançar les granades i va disparar fins a apoderar-se del blocaus. Quan va ser-hi a dintre, va fer-nos un senyal perquè ens hi acostéssim, però ningú va atrevir-se a anar fins a la seva nova posició: a davant vèiem els tancs apropant-se, disparant a tort i a dret, obrint-se camí cap a nosaltres.

A darrere, ja s'havien buidat les posicions, la majoria dels homes donaven la lluita per perduda i retrocedien cap a l'aeròdrom. Allò era un abisme d'assolament i desordre. Kampe va sortir del blocaus i s'hi va enfilar a sobre, indiferent als trets que li espetegaven entorn; llavors, va muntar un llançagranades i va fer foc contra la línia dels tancs, aconseguint retenir-los i fent volar pels aires alguns fusellers. Després, va començar a disparar amb la metralleta contra l'avançada, escombrant l'arremesa i tombant molts homes fins que va acabar els pertrets. Llavors, tranquil·lament, va descendir i es va apropar a nosaltres amb mitja dotzena de salts maldestres:

—Anem d'aquí, tot això és una merda!

Sentint els obusos esclatar rere nostre, vam emprendre la fugida. Per fortuna, hi havia projectils que no esclataven, alguns es clavaven en la neu o rebotien per les pedres, però els artillers en desbandada se'ls apropiaven i se'ls emportaven cap enrere, per intentar retornar-los amb els propis canons a l'enemic. L'escampadissa d'homes era grandiosa: ningú, només alguns batallons porfidiosos, defensaven ja els emplaçaments. La contesa es donava per perduda, tot el que hi havia per fer era intentar apropar-se a l'aeròdrom i allà fer-se fort, esperant que vinguessin avions a rescatar-nos.

Espetecs eixordadors assenyalaven el camí que havíem de seguir. Vam poder-nos enfilar a un camió que anava cap a la pista dels avions. Milers d'homes es feien enrere; molts d'ells, abans de decidir-se, discutien si els convenia lliurar-se a l'enemic: era habitual veure un oficial guiar els seus homes en filera cap a les línies dels russos. Però la majoria havien optat per accelerar la partida cap a l'interior: els camins anaven plens d'homes, molts d'ells desarmats, a peu, ranquejant, alguns d'ells molt dèbils, muntats a sobre els tancs. Es veien els darrers cavalls, esquelètics, gairebé incapaços de suportar el pes dels oficials; aquests, s'havien tret les insígnies, temorosos de ser capturats. Una dotzena de granaders que s'havien apoderat dels esquís dels cosacs avançaven maldestres en la neu, vora les cunetes. A banda i banda de la carretera, els vehicles blindats que havien quedat sense combustible havien estat incendiats, i s'amuntegaven al costat de camions, erugues, remolcadors d'artilleria i carros motoritzats. Tota la maquinària havia esdevingut inservible, s'acumulava negrosa per tota la planura, talment un ramat fantasmal i ferruginós, que s'acomiadava de nosaltres amb un crepitar de flames.

Les cohorts d'homes avançaven pressudes; en passar pels vilatges i els campaments trobàvem la mateixa commoció: ferits que eren abandonats a la seva sort, oficials que intentaven dirigir la fugida a base d'ordres confuses i contradictòries, pillatges i incendis intencionats. El cel era trencat cada poc pel vol dels U-2, que anaven a assolar l'horitzó, omplint-lo d'esclats rosats, i volant tan baix que semblava que ens haguessin d'escabotar, arriscant-se a rebre algun dels trets de fusell que se'ls dirigien. Encara era possible sentir veus plenes d'esperança:

—A l'aeròdrom ens esperen els avions! —deien—. Hitler ha enviat els àngels d'acer a rescatar-nos!

Aquestes paraules animaven els més dèbils a seguir. Un sergent, amb la cama encanyada, es feia portar a l'esquena d'un camperol. L'obligava a córrer amb una pistola a la templa, esperonant-lo amb la cama indemne, picant-li el pit amb el puny i brufolant. Quan va arribar al costat d'un vehicle blindat, el va fer parar i va fer-s'hi carregar a sobre, ajudat pels soldats que el flanquejaven; abans de partir, però, va voler disparar al camperol, que per sort s'havia amagat al fons d'una cuneta.

Pocs quilòmetres després, vam baixar del camió. Se'ns va dir que havia acabat el combustible. Tot allò semblava governat per la més gran de les demències: era com un formiguer al qual s'hi hagués pegat foc amb benzina. Tot girava enfonsat en un estat de confusió furiosa, ningú atenia a res, la fugida i les flames, el tret, el crit, l'empenta, la col·lisió, el xiulet dels avions i l'espetec metàl·lic dels tancs, la depredació: era com estar en un naufragi enorme, sentir-se enmig d'un llac en ebullició al fons més confús i estèril dels cercles de l'avern. Ens trobàvem ben a prop de l'aeròdrom i ja començàvem a trobar més línies de defensa. Alguns batallons aprofundien les trinxeres, traginaven municions, sembraven mines, preparaven les bombes magnètiques amb les quals volar els vehicles blindats. Però, pel que nosaltres sabíem, totes aquelles mesures serien inútils, estaven condemnades a ser superades sense gaires dificultats.

El nostre oficial, ens va apostar en una de les ales de l'aeròdrom, defensant una pista lateral. No existia una primera línia, però; a davant, sorgien, per totes bandes, grups, nius a dins de forats excavats al terra per les pales o els obusos, embuts dels quals sorgien arrecerats els canons dels fusells. A la nostra dreta, es reforçava un desguàs, els homes hi col·locaven canons, esperonats per l'esvalot, estirant-los amb cordes per la neu solcada. A l'esquerra, un esquadró s'havia endinsat en la planura, i hi estenia filferro espinós. Rere nosaltres, els Heinkels aterraven o s'enlairaven contínuament; vora els hangars, l'agitació era tremenda, arribaven camions i furgonetes amb oficials demanant explicacions, s'escridassaven i empentaven, assenyalaven cap enrere i s'exhibien els galons els uns als altres.

—Ens estan abandonant, Walter —em va dir Kiefer, netejant el canó del fusell i mirant-se amb menyspreu aquell trasbals—. La majoria dels oficials ens abandonen, volen fora del setge. Ja es veuen perduts.

—Corrua de covards! —els increpaven alguns fusellers des de les línies.

—Sí, estem perduts! —gemegava un home esquifit al meu costat, amb un somriure de conformitat a la boca, mentre acariciava amb els palpissos dels dits un ratolí grisós, que va guardar sota el capot—. Ens ha arribat l'hora, companys! Marxar o morir!

Necessitàvem menjar alguna cosa. La fam em tornava a queixalar, em cremava amb tota la seva buida pesantor.

—¿L'aprovisionament, estàs de broma? —em va dir un tipus sec, que mastegava un tall de bull no molt lluny de nosaltres—. ¿On et penses que estàs? ¿A la guerra? Busca't la vida, pampana!

Vaig travessar la pista mentre un Messerschmitt em passava per sobre. Em vaig apropar a una tanyada i vaig entrar-hi, però tot el que hi vaig veure eren vehicles desmuntats. Vaig donar la volta a l'edificació i vaig entrar dins una mena de secretaria, on vaig topar amb els encarregats de comunicacions; mitja dotzena d'homes s'estaven asseguts rere d'una llarga taula, amb els auriculars a les orelles, intentant coordinar l'arribada i la sortida dels avions. Oficials de la plana major, hi entraven i marxaven, demanant explicacions, exigint ràpides respostes. Vaig sortir d'allà dins i vaig entrar en un post de socors; atroçment amuntegats, hi havia centenar d'homes ferits, esperant de ser atesos. Semblava un rusc ple d'abelles crispades, els crits dels infermers i els udols de dolor i desesperació torbaven fins a l'extrem que em venien ganes de xisclar.

A fora, havia començat a caure un plugim nevat, mansoi i de color de plata. El sol resplendia en el cel, els seus raigs rebotaven en la neu i encegaven la confosa soldadesca. Vaig entrar dins un hangar per una porteta metàl·lica, i vaig veure un llarg enfilall d'oficials esperant pujar als camions que partien cap al centre de les pistes.

S'estaven drets i en silenci, algun d'ells plorant, mentre a fora, per la portalada oberta, es miraven els seus homes, atrafegats a preparar les proteccions, i a qui abandonaven a la seva sort desgraciada.

—¿Què busques? —va dir una veu a la meva esquena. Em vaig girar espantat i vaig veure un comandant, un home alt i mudat, d'aspecte saludable. Feia molts mesos que no veia un home així, robust i vigorós, galtaplè, amb la roba impol·luta.

—Tinc gana, senyor —vaig dir-li amb la veu escanyada.

Em va mirar de cap a peus amb certa commiseració. Va prémer els llavis i va dilatar els narius, després va moure lleugerament el cap i em va demanar, amb veu clara i fonda:

—¿Quant fa que ets aquí, al front rus?

—Més d'un any, senyor.

—Pel que veig, ets membre d'un batalló disciplinari.

—Sí, senyor.

—¿Per què et van condemnar?

—Alta traïció. Tràfic d'informació secreta, senyor.

—Ben fet, noi. ¿Quants d'anys tens?

—Vint-i-quatre.

—Té —s'havia posat un maletí de pell clara sobre el genoll i l'havia obert, del seu interior n'havia tret un sandvitx i me'l donava—. Menja, ets un home valent, vals més que tots nosaltres, noi —em va posar la mà sobre l'espatlla mentre jo devorava i dels ulls se m'escapaven les llàgrimes—. Jo i els altres partirem, noi, només quedareu els sotsoficials i vosaltres, la tropa. Segurament, si no abaten els avions, ens salvarem, mentre que vosaltres ho passareu ben puta. Sigueu forts, resistiu i no morireu. Us deixem el General Paulus, a qui Hitler acaba de nomenar Mariscal de Camp. Sou tot el que queda del VI exèrcit. Nosaltres, els oficials, serem la vergonya d'aquesta guerra. Com abans ho han estat els polítics. No esperis res de ningú, mai, ¿entesos? Sempre desconfia. Desconfia i no et refiïs de ningú que vulgui posar la teva vida en perill. Mira tan sols per tu, noi. Ja veus, jo, que hauria de moure cel i terra per salvar-te, t'abandono. M'agradaria ser valent, m'agradaria quedar-me i defensar l'hospital de més enllà, on hi ha tants dels meus homes esperant una cura o una llitera que se'ls emporti. La seva situació és desesperada. No hi puc fer més. Envestir aquest país va ser una mala idea, possiblement la pitjor de la història. Malfia't del que pensis, perquè un pensament errat és més perillós que una bala. Vaig creure en unes idees, en la força d'un ideal, però ara m'adono que tot això només tenia com a finalitat l'anihilament: aquesta gent, noi, els russos, no són rates, ni té cap sentit l'odi que ens infonen pels jueus. De fet, n'hi ha que són millors que nosaltres. Mira't sempre el món abans d'empassar-te unes idees, noi. El món és més savi que nosaltres. Aquesta neu té més raó que Hitler, t'ho puc assegurar. Cada mossegada que t'empasses és més valuosa que tots els seus discursos. Sigui maleït per sempre el meu nom per no haver-me'n adonat.

Unes ambulàncies van començar a passar rabents per la carretera lateral. El comandant em va donar un cop amistós a la barbeta i, abans de dirigir-se a la cua dels oficials, em va dir:

—Si vols un consell, noi, escolta'm. Marxa d'aquí ara mateix. Corre, si pots. En un parell d'hores, tot això volarà pels aires. Agafa les armes i encamina't a Stalingrad. Només allà trobaràs defensa.

Vaig guardar la meitat del sandvitx i vaig córrer cap a la posició de Kiefer. Li vaig donar el menjar i li vaig explicar què m'havia dit aquell home. Encara no l'hi acabava de contar quan un coet va xiular sobre les nostres testes, però va anar a endinsar-se més enllà de la pista.

—Ja són aquí —va dir Kiefer—. Anem o ens esclafaran.

Vam abandonar la posició d'amagatotis, esmunyint-nos cap als hangars. Entre la confusió, vam passar desprevinguts, sense que s'adonessin del nostre retrocés, mesclats amb centenars d'homes que també renunciaven a defensar un aeròdrom del qual només s'aprofitaven els oficials.

—Pugeu! —una moto va refrenar-se mentre escapàvem per la carretera. Era en Kampe, que havia aconseguit apropiar-se d'un sidecar al qual li havien volat la caixa i la roda lateral—. Va, vinga, anem-nos-en d'aquí, anem a amagar-nos a la trampa!

Vam muntar de qualsevol manera al seu costat i la moto va partir, esbufegant i deixant anar un fumerol negre. A darrere, enmig d'una boira que s'arrossegava arran de terra, avançaven les hordes dels T-34 cap a les abandonades posicions; cap allà es movien, udolant, amb la baioneta al canó, masses compactes d'infanteria.

En aquella carretera, hi havia homes a milers. Alguns queien i es morien, els altres continuaven la marxa de la millor manera que podien trobar: ajudant-se els uns als altres, carranquejant, enfilats a dotzenes en un remolc mig desballestat, en una ambulància mig consumida per les flames i que havien aconseguit arrencar, o a sobre d'un poni remagrit, amb els ulls embenats: la comitiva era certament terrorífica, una crua visió d'ultratomba i horror; semblàvem tots carronya vivent, imatges fosques, sinistrament mòbils, de la pitjor forma d'angoixa. La moto va deixar-nos tirats, vam arrossegar-la fins a la cuneta i vam continuar a peu, passant a la vora de posts de vigilància carbonitzats, de verals derruïts, entre els quals ja feinejaven alguns camperols, mirant-nos desfilar amb els ulls plens d'aversió, decidits a recuperar les seves possessions. Vam arribar a Stalingrad en fosca negra; des de l'extraradi, a l'entrada d'un suburbi, ja s'endevinaven els bombardeigs des de l'altra banda del Volga: distants, se sentien els coets estavellar-se contra les runes, foragitant-nos cap al cor de la metròpoli. Per aquí i per allà, havien estat col·locats i apuntats de qualsevol manera alguns canons aïllats, dirigits cap a l'oest, des d'on persistia la lluita en una planta de tractors. Tot allò, però, ja semblava una paròdia de guerra, tan gran era el desgavell de les nostres forces i l'ímpetu del seu atac, ben dirigit, segur, audaç i devastador.

Caminàvem per aquella zona imaginant-nos que arribaríem a algun punt fortificat, però tot el que vèiem era el terreny desnivellat, pujàvem i baixàvem altes i escabroses muntanyes de runa, no se sabia on hi havia hagut els carrers i on els edificis, tot era el mateix desordre remogut, cràters superposats que enfondien el terreny uns quants metres perillosos, i pertot ferralla, garbuixos indestriables de metall, composicions impossibles enfilades sobre les pedres. Un soldat embogit recollia cascs d'acer dels dos bàndols, es passejava entre les clotades i els arreplegava, deixant anar un udol cada cop que n'aconseguia un; després, corria fins a una paret baixa i els alineava els uns vora els altres, component una estampa esborronadora. Façanes grises, negres, només la buida estructura dels edificis, rere les finestres dels quals s'hi veia la fosca fuliginosa del cel, trinxat per l'estela dels coets *Katiusha*. Els homes no sabien què fer; s'unien i comptaven les armes, corrinyaven i cridaven nerviosos, buscaven un oficial a qui obeir, però només hi havia el foc saltant per sobre de nosaltres, i el perill sotjant-nos des de cada racó.

Vam seguir caminant fins a arribar a una placeta, on molts dels nostres homes ja s'havien resignat. S'estaven xerrotejant, excitats i asseguts els uns vora els altres, passant-se un garrafó i esperant l'arribada de l'Ivan per entregar-s'hi. Alguns *hiwis* els intentaven convèncer per resistir, els estiraven de l'abric, però aquells homes estaven tan embriacs, tan esquàlids i acabats que semblava que ni els veien ni els sentien.

Vam passar la nit dins una església, on s'hi amuntegaven centenars de soldats. A fora, va començar a ploure amb rabiosa insistència. S'havien parat els bombardeigs. Els homes semblava que no dormien, tostemps se sentien estossecs, raneres, imprecacions i fins i tot algun tret. Quan el sol va començar a apuntar, vam sortir a buscar una millor defensa. Un pluja de pols queia sobre la ciutat, omplint-nos els ulls i obligant-nos a avançar a cegues, aguantant-nos pels faldons del qui teníem a davant. Vam trigar sis hores a travessar aquella part de la ciutat; pel que vam veure, els russos hi havien deixat algunes trampes: un home va volar pels aires mentre intentava desclavar una porta de les seves frontisses; un altre, va perdre el cap quan aixecava un tronc, sota el qual hi havia un cartutx.

Ja tornava a ser de nit quan vam arribar a un emplaçament d'armes, un reducte reforçat i massís, aixecat a on hi havia hagut una gran illa de cases; s'havien aprofitat els darrers murs i s'havien assolat els terrenys de la vora, un gran quarter fet de munt de desferres, bigues eriçades i sacs terrers entre totxanes ennegrides i ferralla dels tancs inutilitzats: una mola rogenca i laberíntica, guardada per centenars de troneres i espiells, i a la qual no s'entrava per cap tipus de porta. Per accedir-hi, hom havia de tirar-se a terra i entrar pels conductes soterranis, passadissos excavats en la terra gelada, per on només hi cabíem de genolls.

Vaig veure que algú havia penjat al frontispici aquesta inscripció, escrita amb pintura vermella sobre d'una llauna: «Fortí de les Rates». Quan hi vam ser a dintre, vam trobar-nos en una mena de plaça d'armes. Centenars d'homes s'afanyaven a fortificar les raconades, traginant rocs i pales i projectils.

—Vosaltres! Identifiqueu-vos! —ens va lladrar un oficial.

Ens hi vam apropar i li vam dir la nostra procedència.

—Molt bé, doncs. Sóc el vostre comandant. Agafeu posicions. Hem de lluitar fins a la darrera gota de sang. Als ulls de bou! Ràpid.

Aquell home, aquell boig demacrat i pervers, es deia Sandvoss, i va dirigir la defensa de manera despietada durant les dues setmanes que vam arribar a resistir abans d'entregar-nos. Sandvoss es passava els dies escridassant tothom, muntant consells de guerra grotescs per desobediència, maleint el mariscal Paulus, ja que s'havia rendit. De Paulus n'havia fet penjar una fotografia en el pati d'armes. Cada cop que algú passava per allà havia d'escopir a la imatge, la qual cosa era difícil, ja que gairebé no ens quedaven energies ni per salivejar. Dins el Fortí de les Rates hi havia aprovisionaments, però, encara que ningú sabia on es trobaven, tan gran era el zel per fer-los perdurar, tanmateix cada dia es repartien unes mínimes racions de carn seca i aigua més o menys clara, gràcies a la qual podíem subsistir. Passàvem els dies sota les bombes dels avions, que no cessaven de fer les seves incomptables passades; arrecerats a sota terra i amb un terror ferotge; els homes ens esclafàvem els uns contra els altres, buscant protecció, economitzant la calor dels nostres cossos malmesos. Quan hi havia pau, espiàvem l'entorn i fèiem punteria amb els soldats enemics que passaven per la zona, molts dels quals ja donaven la guerra per guanyada i agitaven banderes vermelles, alegria que s'estroncava de cop en rebre un tret en el ganyot.

La vida dins el Fortí era insuportable. Cada dia hi havia homes que volien sortir, encara que trobaven les portelles subterrànies barrades, vigilades per la guàrdia de Sandvoss. Si algú aconseguia escapar-se, però, era per anar a lliurar-se als russos, davant la qual cosa havíem rebut ordres de disparar. Si no ho fèiem, muntava un consell de guerra i castigava el desobedient sense menjar. Vaig veure molts d'homes morir assassinats pels seus companys de resistència, homes tan farts que l'única cosa que volien era que tot acabés, i els era indiferent la manera: una bala alemanya o russa, la resistència o la capitulació. Kampe estava allerat en aquell ambient de ruïna i perdició; havia aconseguit una harmònica i es passava els dies bufant-la o mirant la llunyania, per on vèiem els tancs russos passar sobre el Volga.

—Em sembla que s'han cansat de nosaltres —deia—. ¿Oi Kiefer? Ens deixaran morir de fam.

Sandvoss s'havia apoderat d'un projector de cinema dels russos, una màquina grossa, que aconseguia fer funcionar amb una bateria de tanc. Moltes nits, abans d'algun dels seus discursos, Sandvoss ens exhibia una pel·lícula; un film de propaganda que l'Ivan havia ideat amb la finalitat de presentar-lo als alemanys, perquè els veiessin des de les seves trinxeres. Era una producció de més d'una hora, on es mostrava la vida d'un soldat alemany que s'havia rendit: després de veure com es banyava en aigua calenta i escumosa, el vèiem menjar rere una taula proveïda de mil tipus de carns, assistir a un concert i ballar d'aferrat amb una dona menuda, d'una bellesa lacerant: una russa de trets infantils, rossa i discreta, que portava un vaporós vestidet blanc, una dona preciosa, gairebé una nena que després del ball s'emportava el soldat fins a una càlida habitació d'hotel, on lentament el despullava mentre li omplia el coll i la boca de petons. La darrera mitja hora consistia a contemplar com feien l'amor; el film mostrava el cos de la noia amb tot el seu detall luxuriós; es podien fins i tot comptar els seus pèls púbics, les aspreses de les aurèoles dels seus pits carnosos i de bona mida, vellutats com préssecs, vèiem com xuclava, lentament, asseguda al caire del llit i amb els ulls mig clucs, el membre del noi, com joguinejava amb els testicles amb les seves manetes rosades, com es posava de quatre grapes i s'introduïa un dit a dins el cul.

Durant aquells dies, vam veure el film cada nit. Els homes esperaven l'arribada de la fosca per tornar a veure *Katiusha*, aquest va ser el nom que li van posar, el mateix nom que els coets que intentaven destrossar-nos des de l'altra banda del Volga, i que havien batiat amb el títol d'una cançó de moda que només els *hiwis* sabien entonar. Tots els homes somiaven amb ella, es masturbaven sota els capots mentre durava la projecció, cridaven el seu nom en somnis, fins i tot havien dibuixat el seu rostre en un racó blanc d'una paret, als peus del qual s'hi havia format un grogós bassal d'ejeccions virils. Tornar a veure *Katiusha* era un dels motius per resistir un altre dia, ja que cada hora que passava, viscuda en plena consciència de la realitat, hauria estat insuportable.

Acabada la projecció, però, sortia Sandvoss a sobre d'un tauló, retallat contra el llençol que feia de pantalla. Llavors començava una peroració carregosa i demencial, que sempre s'iniciava amb aquestes paraules:

—Resistirem! —bramava, movent-se amunt i avall, retorçant la gorra amb les mans—. No hem vingut aquí per caure en les seves mans brutes; nosaltres som part d'un gran ideal, d'una missió sagrada, formem part d'un objectiu que no pot esfondrar-se d'una manera vulgar. Hem de resistir! Hitler no ens ha abandonat! Si no ha vingut a rescatar-nos ha estat perquè la providència, que se serveix d'ell per actuar, així ho ha volgut. I la providència és sagrada. Si hem de morir, serà perquè així s'aconsegueixi alguna divina aspiració. Demostrem que som forts i la història ens recordarà. Sí, abans morir que rendir-se a les forces bolxevics. Som una raça selecta, una raça elegida i destinada a escriure el seu destí amb lletres d'or. La història l'escriurem nosaltres amb la seva sang; no ens deixarem arronsar per una catèrvola de salvatges.

Va ser una d'aquelles nits, mentre Sandvoss parlava, quan va començar l'atac definitiu. En un parell d'hores, van morir més de la meitat dels homes que encara es refugiaven al Fortí de les Rates. L'abraonament dels tancs russos va ser descomunal, els intents de reforçar-nos van mostrar-se tots inútils; els seus sapadors van col·locar bombes als murs i els van rebentar, el cel es cobria d'una campana roja i enlluernadora, el soroll era impossible d'aguantar, sentia el cap agitant-se sobre les espatlles, les orelles xiulant-me i les dents com si s'haguessin de descompondre, desfetes per la sacsada. Vam intentar disparar per les troneres; i és que les onades d'infanteria no es deixaven de succeir, una rere l'altra, fileres efímeres d'homes que anaven caient al so convuls de les nostres metralladores. Sandvoss corria d'una banda a l'altra del fortí, amb la pistola a la mà, rugint i empaitant els homes que es feien enrere; feia escuma per la boca, arengava i traginava ell mateix els últims projectils cap als canons elevats. Aquell terbolí va durar fins que Sandvoss va morir esclafat per un envà; de sobte, fulminat per una bomba de mà, sobre d'ell i altres homes va desplomar-se una alta tàpia apuntalada de travessers de ferro: això va aixecar una ofegosa i blanca fumassa de pols. Kiefer, Kampe i jo vam sortir del nostre amagatall, enfarinats de polseguera, estossegant i encegats. Encara hi havia homes que feien foc contra els tancs des de l'altre costat del parapet, però la majoria corrien desmanyotats per totes bandes, sent cruelment crivellats si intentaven escapar-se pels corredors subterranis. O ja eren morts, exànimes i horriblement deformats, allargats al fons de les rases o tombats a sobre dels sacs terrers.

Quan ens en vam adonar, una quadrilla de fusellers ens envoltava, vestits d'un blanc brut, apuntant-nos amb pistoles i metralletes, comminant-nos a aixecar les mans enlaire. Els vam obeir i ens van treure d'allí a empentes, ens van fer caminar uns quants quilòmetres fins a una esplanada, on ja hi havia reunits centenars d'altres presoners alemanys. Vam estar allà durant uns dies, vigilats per la tropa, enmig d'un redol de filferro i ferralla, sense poder amagar-nos del fred i morint-nos de fam. A vegades, algun oficial rus s'acostava a un de nosaltres i se l'emportava; li fotia, envoltat pels seus homes, un esbronc incomprensible mentre l'agafava per les solapes, el batzegava, li escopia a la cara i, ebri d'ira, el bufetejava. Després, si no li disparava, el feia retornar al nostre costat, obligant-lo a arrossegar-se per terra i etzibant-li puntades de peu fins que se'n cansava.

—Em demano què li deuen dir —vaig pensar en veu alta, sentint els crits greus de l'oficial. Estava marejat, desnerit, aixafat.

I vaig sentir Kiefer que em deia, amb el cap sobre la meva espatlla, a punt de perdre les darreres forces:

—Li diuen que aquesta batalla ha acabat.

VIII

No vaig tornar a Alemanya fins dos anys després. Els russos ens van obligar a netejar la ciutat de les seves runes. Van formar brigades de presoners i ens obligaven a carregar rocs i metall, a omplir carretes i camions amb les nostres pròpies mans, a preparar la reconstrucció dels edificis, els carrers i les places. Durant els primers mesos, més de la meitat dels presoners de guerra van morir per esgotament, inanició o aixafats sota l'ensorrament de les fàbriques. Gairebé no hi havia menjar, les racions que se'ns donaven estaven reduïdes a la mínima expressió, uns pocs grams de pa, una sopa de sèmola aquosa, uns naps bullits o unes patates amb cuc. Passàvem les nits dins tendes de campanya, muntades enmig del paisatge devastat. Els russos s'adonaren que en aquestes condicions la nostra mà d'obra no els duraria gaire, i llavors van començar a tractar-nos millor; era massa tard per a milers d'homes, entre ells en Kiefer, que va morir d'extenuació després dels primers sis mesos de feina. Kiefer va caure sota el pes d'una senalla de rocs; al meu costat, es va desplomar sense forces; vaig intentar ajudar-lo, però em va ser impossible, tan gran era també la meva lassitud: en Kiefer, l'home més circumspecte i tenaç que he conegut en la meva vida, el company que em va salvar en més d'una ocasió, Kiefer el fort, l'atrevit, el del somriure negre, un home com Kiefer moria com tants ja havien mort, destrossat per la càrrega d'una vida miserable, una vida atroç de tortures i combats, però que no es resignava a ser-ho, que volia remuntar totes les adversitats per arribar a alguna forma de vida plena.

Els vigilants se l'emportaren agafant-lo per les aixelles i arrossegant-lo fins al camió, on ja hi havia altres homes exànimes, i sobre els quals se'ns ordenava de descarregar els enderrocs. L'hivern havia passat; estàvem en un estiu tòrrid i clar, la calor era humida i gairebé no podíem ni respirar, se'ns racionava l'aigua i la pols surava entorn de nosaltres com una boira assassina. Encara que pitjor ho van passar els milers de *hikis*, molts dels quals van ser directament afusellats, acusats de col·laborar amb la Wehrmacht, de ser traïdors a la pàtria. Si jo i Kampe vam poder sobreviure va ser gràcies a la població civil, aquella mateixa gent que havíem bombardejat i assolat ara s'apiadaven de nosaltres; sí, hi havia dones que ens miraven fent feina, arrossegant carretes per les voreres del Volga, i en veure'ns tan prims i defallits, tan increïblement vius a pesar de tot el que havia passat, s'omplien de llàstima, compartien i ens feien arribar part de les seves escasses vitualles. Era tan increïble, tan humà a pesar de tot, que veure com s'acostaven aquelles dones, aquells nens esquifits, portant un farcellet amb pa i formatge i alguna fruita i deixant-lo als nostres peus amb una mescla de commiseració i llàstima, que no podia fer res més que posar-me a plorar, agraït que quedés —però sempre queda, sí...— alguna engruna d'esperança.

Els que vam sobreviure de les quadrilles de neteja i reconstrucció, se'ns va destinar a les obres d'aixecament d'una presa. Kampe va venir amb mi en el mateix camió cap aquella província, on se'ns va millorar bastant el tracte, ja que la nostra capacitat per fer feina fins a límits intolerables ens havia fet guanyar fama de bons treballadors. Vam estar allà més d'un any, vivint dins un magatzem, menjant tres cops al dia i dutxant-nos un cop a la setmana. Fins i tot se'ns permetia beure alcohol i fer torns de feina, ja que també es treballava de nit. Feinejàvem deu hores cada dia, descarregàvem camions i traginàvem pedrotes, però la resta del temps estàvem dins la cantina, asseguts bevent vodka, veient nevar o sentint sense escoltar la doctrina que ens volia convertir al comunisme. Després de tot el que havia passat en els darrers anys, trobar-me una mica embriac, ple i adolorit de braços i cames, calent i sense una imminent sensació de perill, amb la perspectiva de sortir quan acabessin les obres, era una situació afortunada.

Mirava el sol, la planura, l'aigua córrer pels rierols, les pastures, les vaques, les dones i la terra, l'extraordinària lluminositat i precisió de contorns de tot el que es veia: la lluna, els arbres, les estrelles clavades, com a llanternes de mica, soldades juntes per l'efecte del fred. I pensava: «el món és bell, sí, no hi ha per què fer-nos sofrir, basta de matar-nos els uns als altres».

En Kampe, quan vam ser alliberats, va decidir quedar-se a Rússia. Des de feia estona que s'entenia amb una dona, una matrona riallera i grassa, que es deia Tonia i ajudava a servir el menjar, i que venia a peu, més de sis quilòmetres, des d'un poble de la vora.

—Em quedaré per aquí i em casaré amb ella, Walter —em deia, mastegant i mirant-la amb els ulls esbatanats, mentre ella servia el potatge—. El seu pare i el seu germà van morir a Stalingrad. No té res, la propietat que tenien se'ls va expropiar i forma part d'una granja, on ella anirà a treballar ara que han acabat la construcció. Els comunistes... ¿Creus que els funcionarà aquest invent, Walter? Tot és de tots: la igualtat entre els homes. Sona bé, ¿oi? Ho intentaré. Pressento que això serà un altre desastre, però no puc tornar a Alemanya. No vull trepitjar de nou aquell país maleït. Aquí, tot sembla nou, ara. Prefereixo intentar aquesta rara bogeria del comunisme i estar amb ella, somiant ximpleries, tractant de fer possible això de la fraternitat dels treballadors. Fraternitat... ¿T'imagines? Tu i jo hem vist massa calamitats per creure en res d'això. Però seria bell, ¿no? Mira quina dona, mira-la, i diu que m'estima, Tonia...

Vaig arribar a Berlín amb uns quants rubles a la butxaca. Stalin es va sentir generós i va alliberar els presoners que més havien treballat, encara que molts d'altres van quedar-se i van ser jutjats després per crims de guerra. Ens van embarcar en un tren i després de sis dies de viatge ens van deixar a la frontera, amb els documents que ens acreditaven com a presoners alemanys alliberats. Quan finalment vaig arribar a Berlín, després de cinc dies d'intentar avançar per un sistema de comunicacions pèssimes, la ciutat començava a ser reconstruïda. Alemanya havia estat derrotada i Hitler i la seva plana major s'havia suïcidat dins el seu búnquer, després de prendre cianur. El domini rus, americà, anglès i francès es dividia les desferres d'una ciutat semblant a Stalingrad, reduïda a cendres, un esquelet descarnat i sense promeses de vida.

El primer que vaig fer quan vaig arribar va ser buscar Lina, la meva xicota, però ningú me'n sabia dir res. Vaig començar a girar i a girar pels hospitals, pels refugis, pels cafès i els cementiris, però d'ella no n'hi havia ni rastre. L'abandó i la incertesa dels que patien es mesclaven amb l'alegria dels vencedors, era una amalgama horrorosa d'atrocitat i il·lusió, d'angoixa i paroxisme, que feia de Berlín un espectacle de degeneració: arribaven les primeres imatges dels camps de concentració alliberats; l'atrocitat que jo havia viscut tancat a Stockum no era res comparada amb les cremacions i gasificacions multitudinàries que havien patit milions —sí, eren milions— de jueus en llocs tan infames com Auschwitz, Bergen-Belsen, Ravensbrück i tants d'altres que van saber-se després. Les xifres començaven a marejar: semblava inconcebible que res d'allò hagués pogut passar, era tan impensable el volum total d'horror, mort i sofriment que molta gent va començàr a parlar de muntatge, de complot, d'una farsa per infamar el poble alemany i atreure cap a ell tota la indecència que havia provocat aquella guerra. Jo sabia, però, que era veritat, que no hi havia altra veritat que aquella; havia palpat alguna porció d'aquell espant, sabia fins a on pot arribar el menyspreu dels homes cap als homes, fins a quin punt la mort i el desig de matar i destruir poden imposar-se amb tanta virulència que de l'home se n'esborrava tot rastre d'humanitat, fins i tot d'animalitat; sí, perquè els que parlaven de bestialitat, de la bèstia humana mossegant i matant s'equivocaven. No hi havia res de més humà que tot allò; res de més irremissiblement propi de l'home que afavorir aquell sofriment, aquella tortura denigrant, aquella forma de mort desorbitada.

El que havia viscut en els darrers anys em mostrava que allò era l'estat natural de les coses; que la depredació i la destrucció, la lluita i l'extermini estaven més conformes amb l'entitat íntima de l'home que no la pau, el benestar, l'ordre i el respecte a la vida dels altres. ¿Quin sentit tenia el que m'havia passat? ¿Com havia pogut jo sobreviure quan milions d'homes havien mort, als camps de batalla o als forns de cremar? ¿Per a què podia servir la meva vida després d'haver carregat la meva memòria amb tanta brutalitat i desenfrenament homicida? Segurament, res d'allò havia tingut cap sentit. Matar, destruir, conquerir i desfer eren els efectes d'una al·lucinació política basada en errors desmesurats, i contra els quals s'havia d'intentar lluitar amb tota la força de la imaginació i la intel·ligència, encara que tanmateix mai fossin destruïts, sinó tan sols domats i mantinguts a ratlla.

La meva vida era Lina i l'havia de trobar. Les oficines de desapareguts estaven col·lapsades, tothom entrava, sortia, s'empentava i demanava informacions. A sobre dels murs hi havia llistes infinites de noms, milers i milers de persones la pista de les quals s'havia perdut, extraviades pel remolí de la guerra. Finalment, vaig anar al meu pis de la Witzlebenplatz, però tot l'edifici estava ensorrat, reduït a una muntanya informe de runam negre, talment com la biblioteca on Lina treballava, de la qual només la façana es mantenia dempeus. Alguns mesos després, es va publicar una llista de dones assassinades. Els russos, en alliberar Berlín, havien comès desenes de milers de violacions: més de cinquanta mil dones havien estat forçades a mantenir relacions amb els soldats, que durant unes quantes nits havien campat a lloure, animats pels seus superiors, tornant la mateixa moneda ultratjant amb què la Wehrmacht havia pagat la seva avançada cap a Rússia. Lina s'havia resistit i havia estat disparada, l'havien trobada morta amb un tret al cap en el pati d'una antiga cantina. Així m'ho va contar una altra dona, Anna Blies, una alta i morena secretària. Anna estava ingressada a un hospital, colpejada i plena de blaus i esgarrinxades profundes. Havia viscut amb Lina durant els darrers anys, i ara, a causa d'haver estat també violada, estava embarassada d'algun dels cinc soldats russos a qui havia hagut d'acontentar. Em va dir:

—Mai oblidaré el que m'han fet. Mai podré superar-ho. Lina... Li van disparar rient i empaitant-la, Walter, li havien tret tota la roba i la punxaven amb les baionetes. Lina. I ara porto una criatura a dins, Walter, i estic sola. El meu promès va morir a les Ardenes, mentre conduïa un tanc. Els meus pares van acabar sota un edifici bombardejat, quan s'encaminaven cap als refugis. Estic sola, molt sola i tinc por.

Em vaig casar amb Anna tres mesos després. La necessitava perquè ella havia passat els darrers anys al costat de Lina, era el més proper al que més havia estimat.

Mentre Anna s'estava a l'hospital, jo vaig tornar a treballar movent runa, en la neteja de la ciutat. Gràcies a això podia pagar-me el menjar, passava la nit als dormitoris públics i visitava Anna a l'hospital, on només jo semblava que li donava forces per sobreviure. Quan va néixer el nen —Adam—, li vaig donar els meus cognoms, i ben aviat, quan Anna va sentir-se preparada, vam partir cap a França, esperant trobar-hi una vida millor. Allà, vam viure cinc anys a Marsella. Al principi, treballava com a estibador portuari, encara que poc després vaig trobar feina en una oficina bancària; ella, a casa, tenia cura del nen. Vivíem en un pis minúscul del barri marítim, al costat de La Canebière. La vida era complicada, modesta però feliç i tranquil·la; Adam creixia ràpidament, corpulent i amb els ulls verds, el cabell negre com el de la seva mare.

Vaig estimar Anna com abans havia estimat Lina. Em vaig tornar a enamorar. Em vaig adonar que la necessitava fins al deliri una tarda tornant a casa, així de senzill, obrir la porta i trobar-me-la allà, amb el nen sobre els genolls, embolicat amb una tovallola, ella pentinant-lo i perfumant-lo després d'haver-lo banyat. Era una bona dona, atenta i càlida, comprensiva i curosa, encara que durant molts d'anys vaig trobar-la plorant, morta de por, ajupida en els racons més foscos de la casa, presonera dels pitjors records. Llavors, tot el que podia fer per ella era ajupir-me al seu costat i tranquil·litzar-la, parlar-li lentament, mentre l'abraçava, del bon futur que ens esperava si estàvem junts, fent-nos costat, disposats a omplir la nostra vida l'un de l'altre.

Quan Adam va fer quinze anys, vam marxar de França cap a Espanya. Adam era un noi fort, amorós i sol·lícit i deixondit; jo havia assimilat que era fill meu, que portava la meva sang, i com a tal l'he estimat tota la vida. D'ell, n'he estat sempre orgullós; em considero un bon pare i sento que és el millor fill que hauria pogut desitjar. A Adam no l'havia engendrat la guerra sinó jo i Anna, units per formar alguna cosa oposada a l'odi i a l'error. Vam viure una curta temporada a Barcelona, però vam sentir a dir que a l'illa de Mallorca es necessitava molta gent, era l'època en què es començaven a construir els primers hotels per als turistes d'una Europa desitjosa d'oblidar les seves pors més pregones. Vam embarcar cap allà. Estàvem a principis de 1960.

Com que parlava francès i alemany, ben aviat vaig trobar una feina a la recepció en un hotel petit de la badia de Palma. Dos anys després, ja era director. Cinc anys després, posseïa una quarta part d'un hotel de nova planta. Deu anys després, en tenia un de propi de seixanta habitacions. Adam va estudiar lleis i va casar-se amb Raquel, una mallorquina enjogassada: han tingut tres fills, els meus tres néts, Joan, Pere i Anna; la néta com la seva àvia —idèntics els ulls, la boca, l'oval de la cara—, una dona que a mesura que s'anava fent gran em semblava més bella. Anna va ser feliç durant els cinquanta-dos anys que vam passar junts; plegats hem passat una bona vida: hem tingut diners, una casa gran, un fill i néts i la suficient empenta per no deixar-nos esclafar pel pitjor que albergava la nostra memòria. Sempre li va agradar pintar; molts dels quadres de la casa són seus, aquests paisatges esvaïts per una llum tan pura que els fa levitar, i aquests nens, riallers i tendres, vestits d'arlequins, envoltats de joguines. Són obres plenes de detalls, minucioses, delicades en cada porció de vida que hi batega. Mai en va voler regalar ni vendre cap; em deia que amb aquells quadres emprenia una recerca, que eren les empremtes que havia de seguir per arribar a alguna banda, encara que mai va saber dir-me a on. Anna va morir als setanta-set anys, mentre dormia al costat del seu primer besnét.

Durant aquests anys, mentre feia negocis i m'enriquia, a vegades pensava en el camp de treball, pensava en Stalingrad, fins i tot em recordava del poeta en què volia convertir-me mentre estudiava lletres. Em passava llargues estones entotsolat al meu despatx, recordant-me de versos, però incapaç de crear. Estava envoltat de papers, deixant que sonés el telèfon durant hores, amb la mirada perduda en el mar que s'agitava balder rere el finestral. Però no veia la seva blavor opalina; traspassava la seva indolent magnificència i veia els dos gegants que em van detenir, els calabossos de la SS, la sala del tribunal on em van condemnar, els retrats de Hitler i de Frederic el Gran, els barracots de Stockum, alineats i sinistres, i entre ells els milers d'homes demacrats que s'hi arrossegaven, grisosos, aflaquits, sotmesos a un poder que tenia per missió aniquilar-los sense deixar-ne ni rastre. El cadafal d'on en penjaven els ajusticiats; el so descompassat de la música de la banda del camp mentre ballàvem amb les cames inflades; les rialles dels SS quan ens bastonejaven; els passos del kapo en la nit, el brunzit agut del seu fuet tallant l'aire aviciat; la fosca humida i pestilent del Calabós Negre; els laments apagats i exhausts dels que agonitzaven al meu costat mentre jo sentia el cor bategant-me a la gola, cobert el cos nafrat per la suarda de la por; el gust dels naps, del pa de munició, de la carn de balena, de cavall, de gos o de rata, el gust diabòlic de l'angoixa en la llengua inflada, a punt d'ofegar-me, immers en l'espant, dedicant les meves darreres forces a lamentar-me... Sí, alguna veu sentida a l'hotel em retornava les paraules de Von Bose; un riure estrident en uns llavis pintats, Arabelle Sauer, la seva esposa; l'espetec d'un tub d'escapament, la moto d'Odell; una mà sobre l'espatlla, al doctor Hinka palpant-me el ventre i el pit; el sotragueig d'una taula, el tremolor continu de la de la fàbrica de granades i de tancs; el soroll d'un avió, l'estrèpit agut d'un U-2 volant arran de la meva testa; el cel encapotat, les marxes interminables en els paisatges de neu i infinita blancor; els trens rebentats, les cases enrunades, els fossats carbonitzats pels obusos, l'espetec de les granades i els crits de les dones, cossos carbonitzats entre els sacs, enclavats a la ferrada dels vehicles destruïts, la cara de les col·legiales que havien mort mentre manejaven els canons antiaeris a la planura, el pes a les mans de les granades, el fusell i la pistola i el rostre imprecís de tots els homes que havia matat.

Una paraula dita a l'atzar per qualsevol dels meus empleats em remetia de seguida a l'exèrcit, i em tornava a veure allà, fent instrucció, disparant, frissós i colèric, apuntant per la mira una figura llunyana i desdibuixada per una boira de borrasca, o allargat al fons d'una trinxera, sentint la neu amuntegant-se sobre el capot, els ossos adolorits i l'estómac punyint-me amb la fam de mil rates. I els morts, els centenars de morts, els milers i centenars de milers de morts, els milions de morts i les desenes de milions de morts: els he sentit a tots, no en faltava ni un, acompanyant-me, xisclant a dintre meu, exigint una justificació que fes comprensible les seves vides. Veia morts els cossos mig nus que distingia des de les finestres de l'hotel, estesos sobre l'arena de la platja, aliens a qualsevol idea de devastació; era veure una cama nua i de seguida la veia separada del cos, esqueixada i retorçuda; un tors musculós i daurat, i veia desfet el costellam, obert en canal i amb les vísceres estremides; unes dents grans i blanques, em remetien de seguida a la calavera, com si el cap hagués rebentat i fos simplement matèria sangonosa i inerta, el cubell de la cervellera. Com si cada cos viu fos només carn, massa viva per atzar, esperant el torn de la carnisseria. I era llavors quan em quedava glaçat, una suor freda em mullava l'espinada i em paralitzava, i m'obligava a tancar-me dins el lavabo durant hores, amb les dents esmussades, petantme, bavejant: una basca per a la qual el món no té nom inflava el meu pit i glaçava el meu cor amb una viscositat feixuga. I sentia els nervis contrets, tensats, tanmateix, per l'esperança. Mai no he oblidat res, però: he assumit, he acceptat cada un dels desastres de què som capaços els homes, infinitament àvids d'infligir-nos desgràcies, sempre massa angoixats sota la càrrega excessiva que comporta la nostra condició.

Sí, us veia: Lina, Bruno, Müller, Hans, Haller, Kiefer i tots els altres, extingits i oblidats. De molts de vosaltres, dels milers que vaig veure morir, a hores d'ara només jo en tinc memòria; ningú sap que existíreu, ningú se'n recorda de les vostres vides, a ningú podeu fer partícips del vostre dolor. Només, jo, Walter Stamm, un nonagenari, me'n recordo, només jo us puc fer reviure perquè sé del vostre patiment... Si el sofriment d'un home es pogués transmetre, si es pogués fer sentir tan sols durant uns segons a tota la humanitat, si es pogués fer participar els vius només una mica de la febre que ha assolat els segles, del furor terrible que s'ha empassat tantes vides, potser alguna cosa canviaria. La història de l'home serà inútil, res no haurà servit de res mentre un home infligeixi tortures a un altre home; mentre hi hagi mans propiciant la mort i el suplici tota la resta de les coses seran ximpleries, part de la nostra pantomima redundant.

A hores d'ara visc gràcies a un marcapassos. Segons els metges, he tingut tota la vida un cor sobrenatural, ja que només bategava trenta-vuit pulsacions per minut. Amb això, s'expliquen la meva bona salut, i que hagi arribat als noranta anys sense gairebé fatigar-me: ningú sap res del meu passat, a ningú li he contat mai, ni al meu fill ni als meus néts, el que vaig passar durant els anys de la guerra: però no hem d'oblidar res. Després d'una primera insuficiència, els metges decidiren posar-me aquest aparell al pit, que tanmateix sé que no em salvarà quan el cor torni a parar-se. Sóc vell, i m'arriba l'hora en plena lucidesa, i amb moltes ganes de seguir contemplant el tan incomprensible espectacle del món. Estaré tranquil i conforme quan m'arribi l'hora.

Els matins de diumenge, d'hivern i d'estiu, surto a passejar per la platja amb el meu besnét, un nen de deu anys, a qui els seus pares van posar-li el meu nom. És menut, amb els ulls marrons i el cabell castany i fi, caigut sobre el cap, tallat de tal manera que sembla que porta un casc d'acer, tapant-li les orelles i la rodonesa del front. És indolent, despistat però molt intel·ligent i afectuós, una criatura curiosa i sensible, a qui li agrada aprendre i indagar: corrinya davant meu mentre caminem, escrutant les petxines i els vidres polits i brillants que va traient la marea. Està una mica gras —les galtes molsudes, els bracets revinguts, la carn rosada—, per això la seva mare, la meva néta, l'obliga a fer exercici, a caminar un cop a la setmana al costat del seu avi durant uns quants quilòmetres per la platja deserta.

—¿Saps com es diu aquest ocell? —li demano jo assenyalant el cel.

—És un corb marí —diu ell, orgullós de saber la resposta.

—¿I aquest vaixell, com es diu?

—És un llagut —encerta el que li demano.

Però en arribar al fons de la platja, durant el nostre últim passeig, a tocar del torrent i l'arbreda, em va preguntar:

—¿Què és això, avi?

—¿Això? —dic jo apartant la vista de l'horitzó resplendent, veient el que m'assenyala amb un dels seus dits tendres, paralitzat per la pregunta.

Sí, davant nosaltres s'alçava un vell búnquer; sobre el roquissar, allà on acaba la platja, n'hi ha un, cepat i rogenc, mig derruït, brut d'alga i de molsa, excavada per les onades la pedra sobre la qual s'assenta, però encara totalment recognoscible. Un niu de metralletes fortificat, apuntant la badia davant el bosc espès de matoll i pinassa, la platja que un dels bàndols volia defensar dels desembarcaments de l'altre, durant la guerra civil.

—Un búnquer —li dic jo, que no vull mentir-li.

—¿Un búnquer? ¿I què és això? —inquireix amb la mirada confosa.

—Aquí dins s'hi amagaven homes, Walter. Homes que disparaven armes contra altres homes que volien tocar terra.

—¿Disparaven? ¿Per matar? ¿Disparaven pistoles? —diu, esverat.

—Sí, metralletes i fusells. Sí, i per matar-se, Walter, per matar-se els uns als altres. S'apuntaven i es disparaven per matar.

—Però això ara no passa, ¿oi, avi, eh què no? Aquí dins no hi ha ningú, no ens disparen ni ens maten. Això era abans, quan hi havia guerres, perquè ara ja no n'hi ha, ara això ja no passa, ¿no, avi? ¿A que això ja no passa?

Llavors, vaig pensar en el que llegia als diaris o veia a la televisió: les guerres a l'Iraq, a l'Afganistan, a Israel, Colòmbia, Txetxènia, al Iemen, a Somàlia, al Congo, a Angola, a Burundi, Sierra Leona, Libèria, Líban, al Sudan, al Txad, i a tants altres països. Tantes i tantes guerres encara enceses per incomptables motius: el petroli, l'aigua, la misèria, la droga, els diamants, la set de poder sobre un altre poble, la venjança, i les armes, la seva remor contínua, el seu encís abrasador, que commina els homes a empunyar-les.

—Avi, ¿en què penses, avi? Digues, ¿a que això ja no passa?

—Abraça'm, Walter... Abraça'm i seu al meu costat, aquí, sobre l'arena neta. Mira la claredat del sol, mira com reverberen els seus raigs sobre les ones baixes. L'escuma canta, el vent és suau i salabrós, els pins agiten les branques... El món i els homes, Walter, honra la vida de tot, mai violentis res, Walter, mai facis sofrir, estima la vida perquè tu ets la vida i el món, teva és la carn amb què el món s'eixampla. Sóc vell i em moriré qualsevol dia, no, no et preocupis, mira el mar i recorda't de mi quan mori, pensa que sóc dintre teu i brillaré al fons dels teus ulls amb la llum que necessitis. Els morts són aquí, Walter, lligats a la pell dels que viuen, Lina, Bruno, Müller, Hans, Haller, Kiefer, no saps qui són però tots ells et bateguen a la sang, tot ells fulguren amb el sol que t'escalfa la cara... ¿I saps què et demanen, Walter?

—No —va dir ell amb la veu inaudible, al fons dels ulls un confús tremolor.

Vaig girar-me cap al mar, que de cop va emprendre un aspecte vidriós, es presentaren clapes ondulants i brutes, plàstics i olis i deixalles van començar a surar entorn de fustes gruixudes, sobre les quals les gavines començaren a batre les ales i a xisclar. S'havien mogut ones altes, sense escuma, la fonda i greu pulsació del mar. El cel s'havia tapat, la llum s'entristia i es vestia de plata, núvols grisosos s'arremolinaven sobre les muntanyes, ben aviat plouria, havíem de tornar.

...Anem cap a casa, Walter, creuem l'arenal i tu em camines a la vora, els dos de la mà arribem al vell hotel i remuntem el carrer buit i arbrat, sense escapar de ningú, sense cercar cap home ni cap dona que ens confortin, junts l'un amb l'altre tornant de totes les batalles del món, arrossegant una mica els peus, ajuntant-nos l'un contra l'altre, més feliços que cansats, carregats d'un silenci impertorbable, avancem, avancem, com si no haguéssim de ser vistos, avancem. Però fins i tot llavors, quan et tinc de la mà i et sento càlid i viu, fins i tot llavors, mentre poso tota la meva esperança en tu, contra la meva por de les desolacions i dels desastres, fins i tot llavors estic esperant que el terrabastall més espantós ens faci als dos volar pels aires, en aquesta avinguda tan bella, Walter, sota els arbres acabats de podar.

Setembre 2007